JUDY MOODY
es detective

Judy Moody
es detective

Megan McDonald

Ilustrado por Peter H. Reynolds

Traducido por Julio Hermoso

ALFAGUARA
INFANTIL

JUDY MOODY ES DETECTIVE
Título original: Judy Moody, Girl Detective

D.R. © del texto: Megan McDonald, 2010
D.R. © de las ilustraciones: Peter H. Reynolds, 2010
D.R. © de la traducción: Julio Hermoso Oliveras, 2011
D.R. © de la tipografía de Judy Moody: Peter H. Reynolds, 2004

D.R. © de esta edición:
Santillana Ediciones Generales, S.A. de C.V., 2011
Av. Río Mixcoac 274, Col Acacias
03240, México, D.F.

Alfaguara es un sello editorial del **Grupo Santillana**.
Éstas son sus sedes:

Argentina, Bolivia, Chile, Colombia, Costa Rica, Ecuador, El Salvador, España,
Estados Unidos, Guatemala, México, Panamá, Paraguay, Perú, Puerto Rico,
República Dominicana, Uruguay y Venezuela.

Primera edición: febrero de 2011
Segunda reimpresión: marzo de 2012

ISBN: 978-607-11-0991-0

Maquetación: Javier Barbado

Impreso en México

Para Jordan y Chloe
M. M.

Para Marlo Thomas y Carole Hart,
quienes han inspirado en todos nosotros
la "libertad de ser"
P. H. R.

Índice

Quién es

Judy Moody

Papá

Mamá

Stink

Quién

Rocky

Frank

Oficial Kopp

Mr. Chips

El Caso del Pariente Impertinente

La noche era <u>oscura y tormentosa</u>. *La lluvia salpicaba la* <u>ventana</u>. <u>Los rayos</u> *centelleaban y los* <u>truenos</u> *rugían. Unas espeluznantes sombras, como* <u>dientes gigantescos</u>, *danzaban por las paredes.*

<u>Tic tac, tic tac,</u> *martilleaba el* <u>viejo reloj</u> *como un* <u>aterrador latido.</u> <u>Silenciosa igual que un fantasma,</u> *ascendió por las escaleras* <u>oscuras, muy oscuras.</u> *De puntillas sobre los* <u>pies descalzos</u>, *recorrió el pasillo* <u>oscuro, muy oscuro</u>, *hasta la puerta* <u>oscura, muy oscura.</u> *Llamó con los nudillos* <u>una, dos, tres veces,</u> *en*

una señal de código Morse. Justo en ese momento, la <u>puerta</u> *rechinó y se abrió.*

Toc, toc.

—¡AAHHH! —gritó Judy desde debajo de las sábanas de su cama, en lo alto de la litera. Soltó la libreta en la que estaba escribiendo, que salió volando y rebotó en el coco de Stink.

—¡Ay! —gritó Stink y se frotó donde le había dado—. ¡Cuidado con mis sesos! Vas a hacer que me salga un huevo en la cabeza.

—Pero Stink, si tú ya tienes la cabeza como un huevo —bromeó Judy.

—Bueno, pues no tenías por qué aventarme el cuaderno.

—Al menos no era la enciclopedia. Eso te pasa por darme un susto que casi se me caen los pantalones mientras relleno los huecos de una escalofriante historia de "Completa tu cuento".

—¿Y por qué te metes debajo de las sábanas? Si estamos en pleno día.

—Nancy Drew dice que nunca se debe tener miedo a la oscuridad, así que estaba practicando.

—¿Por qué tienes una linterna?

—Una buena detective siempre guarda una linterna bajo la almohada.

—¿Eso hace Nancy Drew?

—¡Des-pa-bí-la-te! ¿Es que no has leído *El Mensaje en el Roble Hueco*?

—¡Es que yo no soy un superfan de Nancy Drew, como otros!

—¿Y qué le voy a hacer, si estoy intentando leer los cincuenta y seis libros originales?

Stink le mostró la libreta de "Completa tu cuento".

—¿Y Nancy Drew también le avienta cosas a su hermano?

—Nancy Drew no tiene hermanos, pero si tuviera uno, estoy segura de que se las aventaría si él le diera un susto de mil carámbanos.

—¿Carámbanos?

—Así habla Nancy Drew, Stink, a ver si te enteras.

—¿Y hay algo que salga volando en los misterios de Nancy Drew? En los buenos misterios siempre vuelan cosas por los aires, como una barca, o un pastel, o a lo mejor una moto que explota.

—No, Stink, en los misterios de Nancy Drew hay relojes antiguos, diarios ocultos, escalones que crujen y esas cosas.

—Ya —dijo Stink, que no parecía ni un pelín asustado. Lo que parecía era un pelín aburrido.

—También tiene cosas como naranjas que explotan, cohetes en llamas y viejas mansiones espeluznantes. Montones de mansiones, y todas están encantadas, y una vez se cayó el techo de una y casi aplasta a Nancy Drew. Otra vez la persiguió un caballo fantasma. Y casi la estrangula una serpiente pitón gigante. En serio.

—Me encantan las serpientes pitón que explotan —dijo Stink, un poco confundido—. ¿Me dejas ver uno de tus libros de Nancy Drew?

—Allí está —Judy señaló hacia una pila de cosas sobre su mesa—. Debajo del mono de trapo.

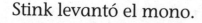

Stink levantó el mono.

—Debajo de tu mono de trapo hay una almohada.

—Debajo de la almohada —le dijo Judy.

Stink levantó la almohada.

—Debajo de la almohada no hay más que un diccionario muy gordo.

—Debajo del diccionario.

Stink levantó el diccionario.

—Encontrar tu libro de Nancy Drew es ya un buen misterio —debajo del diccionario estaba el número 43 de Nancy Drew: *El Misterio de los 99 Escalones*—. ¿Por qué lo tienes debajo de todo esto?

—Pues, mmm... no te rías, pero...

—¡Ja! ¡Judy está asusta-dy! —canturreó Stink—. Lo has escondido aquí debajo porque te da miedo. ¡Te asusta tener pesadillas con Nancy Drew!

—¿Acaso no puedo tener una imaginación sobresaliente? —preguntó Judy—. Apuesto a que tú no lo lees *a oscuras* —a Stink le entró el tembeleque—. Verás, una amiga de Nancy tiene un sueño muy raro sobre unos escalones, nada menos que noventa y nueve, así que Nancy se va a Francia para intentar resolver el misterio de la pesadilla de su amiga.

Es escalofriante. Lo dice en la parte de atrás y los libros no mienten, Stink.

—A lo mejor tienes un sueño después de haber leído el libro y yo me puedo ir a Francia a resolver el misterio de tu pesadilla... y a ver la torre Eiffel.

—La torre Eiffel no viene nada a cuento, Stink, pero me acabas de dar una idea genial. Voy a resolver un misterio. Un misterio de verdad, en plan Nancy Drew, de los que hacen que se te caigan los pantalones. Pero en serio, de verdad de la buena.

—¿Y cuál es el misterio?

—No lo sé todavía. Primero tengo que encontrar uno.

—¿Y te tienes que ir a Francia para encontrarlo?

—Stink, no hay que irse a otro país para encontrar un misterio. Podría haber uno ahí mismo, en el patio de tu propia casa.

Stink miró por la ventana, en dirección al jardín.

—Pues todo lo que yo veo ahí es tu cuerda morada para saltar, tu balón de futbol rosa y blanco, tu bici con la rueda desinflada y la tienda de campaña azul que usamos para el club Si te Orina un Sapo. El único misterio es por qué papá y mamá no te hacen recoger todas tus cosas.

—*Ja, ja, ja.* Muy divertido, sí. Ahí fuera hay un misterio, Stink. Quizá no esté justo en el jardín, pero sí lo podríamos tener delante de las narices. Lo único que hay que hacer es prestar atención.

Y ella, Judy Moody, salió así en busca del misterio.

El Mágico Misterio del Alce y el Calcetín

Si a una persona se le ocurriera la idea de resolver un misterio gordo, muy gordo, pues debería tener un kit de detective Nancy Drew oficial, muy oficial.

¿Linterna? Afirmativo.

¿Libreta? Afirmativo.

¿Lápiz Gruñón? Afirmativo.

¿Lupa de bolsillo? Afirmativo.

¿Cinta adhesiva? Afirmativo.

¿Bolsa de plástico con cierre? Afirmativo.

—Vamos a ver —se dijo Judy en voz alta—. Todo lo que necesito es un disfraz, un poco de dinero y un diccionario de francés.

Se metió al baño del piso de arriba y regresó con la bolsa del maquillaje de mamá. Sacó un lápiz labial de color rojo, un lápiz de ojos, esmalte de uñas, unas pinzas y un pasador de pelo.

—¡Ahí va!, qué chulo —dijo Stink al entrar en su habitación—. ¿Todo esto es para un disfraz?

—Stink, ¿no tienes ni idea de cómo actúa un detective? Todo el mundo sabe que el lápiz labial es para escribir mensajes de auxilio.

—Ah, ya entiendo. Imagínate que algo ha explotado y se te queda la pierna atrapada bajo una viga de metal, entonces quieres gritar en francés para pedir ayuda, pero como se te perdió el diccionario, escribes "SOS" con el lápiz labial, o algo así, ¿no?

—O algo así —respondió Judy—. También sirve como sangre de mentira. Igual que una vez que Nancy Drew se pintó con el lápiz labial y fingió que estaba sangrando para engañar a unos tipejos y así poder escapar. Debes saber que hay un montón de tipejos sinvergüenzas, como Snorky, Stumpy, Sniggs y Grumper.

Stink soltó un bufido.

—Pues suenan más a los enanitos del bosque que a unos tipejos peligrosos.

—Y en *El Fantasma de Pine Hill*, hay una adivina malvada que se llama Madame Tarantela.

—Madame *Tarántula*, cómo me encanta. Déjame escribir con el lápiz labial, ¿puedo? —le preguntó Stink.

—Es sólo para casos de emergencia, Stink —le contestó Judy.

—¿Y para qué son todos esos triques? —volvió a preguntar Stink.

—Los polvos de maquillaje se pueden espolvorear en busca de huellas y el espejito que lleva la polvera es para espiar a alguien. El lápiz de ojos es para esto —y Judy le pintó un rápido bigote a Stink.

—¡Oye! —protestó Stink, pero en lugar de restregarse el labio, enseguida se miró en el espejo.

Judy sostuvo en alto un pequeño pasador negro de metal para el pelo.

—Regla Número Uno: nunca salgas de casa sin un pasador.

—¿Qué es un pasador? —preguntó Stink.

—Este pequeñito sirve para forzar cerraduras.

—¿Puedo probar?

—Hasta que te hartes —dijo Judy, que le entregó un pasador y se puso a meter en su mochila todo su instrumental de detective.

Stink agarró el diario secreto de Judy, metió el pasador en el agujero de la llave y la giró. El diario hizo "clic" y se abrió.

—¡Bien! —gritó Stink—. Sí que funciona.

Judy levantó la vista.

—¡Dame eso! —dijo mientras recuperaba su diario.

—¿Estás segura de que Nancy Drew no tiene un hermano pequeño? Mira que los hermanos pequeños son buenos detectives también.

—Estoy segura. Sólo tiene a su padre, el señor Drew; a sus dos mejores compis, George y Bess; a su perro *Togo*; su gato *Bola de Nieve*; ¡y un convertible chulo, muy chulo y reluciente, de color azul!

—¿Es que Nancy Drew es lo bastante mayor como para conducir un coche de verdad?

—Imagínate. ¿A quién no le gustaría pasarse el día por ahí en un convertible resol-

viendo misterios? —dijo Judy—. ¿Maquillaje? Afirmativo. Eso es. ¡Estoy lista!

—¿Qué pasa con el dinero? ¿Dónde está? ¡Se te olvidó el dinero!

—Mmm, no se me olvidó...

Stink echó un ojo dentro de la mochila de Judy y sacó una bolsa de plástico llena de monedas.

—Mi colección de monedas de los Estados Unidos no. ¡Y mis monedas con las caras de los presidentes! Me ha costado mucho reunirlas.

—Vamos, no seas plasta. Si me encierran en un ático, o en un armario, o en la cajuela de un coche, debo tener dinero para sobornar a los malos y que me dejen salir.

—Pues abres la cerradura con el pasador ese —dijo Stink. Judy le dirigió una mirada boquiabierta—. ¡Bueno! —Stink revolvió entre sus monedas—. Toma, te puedes quedar

con mi moneda de la Samoa Americana. Pero sólo porque no sé dónde está.

—¿Una triste moneda? Eso no me va a des-raptar.

—¡Bueno, bueno! Mi moneda del presiden-te Martin Van Buren, pero sólo porque no es James Madison, mi presidente favorito, y por-que no tengo ni idea de quién es.

—Guau, gracias, Stink de mis amores.

—¿Nos podemos ir ya a buscar el miste-rio? —preguntó Stink.

—Casi —contestó Judy—. Tengo hambre. Necesito víveres. La Regla Número Uno para ser un buen detective es no resolver nunca un misterio con el estómago vacío.

—Creí que la Regla Número Uno era eso del pasador.

—¿Es que tienes que acordarte de todo lo que digo? Stink, date la vuelta para que no veas donde escondí mis caramelos —Stink había encontrado los caramelos escondidos en el cajón de los calcetines de Judy, había encontrado los escondidos en su kit de doctora, había encontrado los escondidos en el rompecabezas de quinientas piezas de la Torre de Londres, pero ni loco encontraría los caramelos en su escondite ultrasecreto superdifícil.

Stink se dio la vuelta y se tapó los ojos.

—Tápate los oídos también —dijo Judy.

—Oye, sólo tengo dos manos.

—Pues entonces intenta no escuchar —Judy sacó el alce de peluche que había hecho en el centro comercial con la abuela Lou la

Navidad pasada. En lugar de relleno, Judy le había metido una bolsa de gomitas en la barriga. Metió la mano y sacó… ¿un viejo calcetín de rayas?

—¡Stink! —dijo Judy—. No vas a creer lo que encontré.

Stink se dio la vuelta y miró.

—¿Un calcetín? —intentó fingir que estaba sorprendido.

—No es sólo un calcetín —dijo Judy—. Son un calcetín y un misterio, aquí mismo, en el patio de nuestra casa —Stink no dijo una palabra y bajó la vista al suelo—. Es un misterio auténtico y genuino a lo Nancy-Drew-la-que-no-tiene-hermanos —Judy movía el calcetín en el aire.

—¿El Misterio del Calcetín Desaparecido? —preguntó Stink.

—Se parece más al Caso del Robo del Caramelo —dijo Judy—. Escondí una bolsa de gomitas en la barriga del alce y ahora ya no está. Por arte de magia, así por las buenas.

Stink se rascó la cabeza. Chasqueó los dedos.

—¡Apuesto a que *Mouse* se metió en el alce y se comió tus ratones!

—Interesante —dijo Judy—. ¿Cómo sabías tú que las gomitas eran *ratones*, Stink? Yo dije "gomitas", no "ratones de gomita".

—Pues me confundí con *Mouse*, porque ya sabes, los gatos cazan ratones, ¿no? Además, yo sé que te gustan mucho esos ratones-gomita, más que los mocos-gomita y las ancas-de-rana-gomita.

—Stink, quítate los zapatos.

—¿Eh? ¿Por qué? Pero si...

—Hazlo —Stink se quitó los tenis—. ¡Ajá! ¡Justo lo que pensaba! Llevas puestos dos calcetines diferentes y uno de ellos hace juego con éste —mostró el calcetín de rayas—.

Ha quedado resuelto el Caso del Ladrón-de-Caramelos-con-un-Solo-Calcetín-de-Rayas. Stink Moody, ¿tienes algo que decir en tu defensa?

—Qué bien me vendría usar ahora mismo ese lápiz labial que tienes tú —dijo Stink.

—¿Para qué?

—Para escribir "SOS". Dijiste que cuando uno está metido en un lío puede usar un lápiz labial para escribir "SOS".

El Oscuro Secreto de los Oculares Ocultos

A la mañana siguiente, Judy se fue al colegio, a la clase de Tercero T, como siempre. Se sentó en la segunda fila, como siempre. El señor Todd comenzó a hablar a los alumnos sobre el día que les esperaba, como siempre. Excepto que había algo diferente.

El señor Todd sostenía un papel con el brazo estirado y lo miraba guiñando un poco los ojos.

—Esta tarde tendremos un invitado especial en la escuela —les contó.

Rocky levantó la mano.

—Señor Todd —le dijo—, hay algo diferente hoy en usted —Judy se volvió para mirarlo y se tocó la cabeza como si fuera a decir: *telepatía. ¡Me leíste la mente!*

—¿Se está dejando barba? —preguntó Rocky.

—Me temo que no —contestó el señor Todd al tiempo que se rascaba la barbilla.

—¿Ha crecido y es más alto? —preguntó Jordan.

—Me parece que no —dijo el señor Todd.

—¡Le están saliendo canas! —dijo Bradley.

—Ustedes sí están haciendo que me salgan canas —bromeó el señor Todd.

Judy observó al profesor. *Algo* era distinto y ella iba a utilizar todos sus increíbles poderes detectivescos de superfisgona en plan Nancy Drew para resolver el Curioso Caso del Cambio en el Señor Todd.

Judy Moody lo estudió a fondo, de arriba abajo y de izquierda a derecha, como si el profesor fuera un regalo de Navidad envuelto en un deslumbrante papel. El señor Todd no llevaba corbata nueva, ni zapatos nuevos, ni siquiera un peinado nuevo.

El profesor se inclinó sobre su mesa y habló a la clase sobre el invitado especial: un policía que se llamaba oficial No-sé-quién y su perro No-sé-cómo, que vendrían a la escuela por la tarde para hablar de no-sé-qué y no-sé-cuántos. El señor Todd volvió a guiñar los dos ojos al mirar el papel.

Y fue entonces cuando se dio cuenta. Los superincreíbles poderes investigadores de Judy habían descubierto que el aspecto diferente del señor Todd se debía a que no llevaba sus lentes.

—¡El señor Todd lleva lentes de contacto! —gritó Judy.

—No, no me puse lentes de contacto —dijo el señor Todd, que guiñaba los ojos en dirección a Judy. ¡Cáscaras! Judy pensaba que había resuelto el caso—. Pero no sé dónde dejé los lentes.

¿Fuera de su sitio? Quizá. ¿Perdidas? Improbable. El señor Todd nunca se quitaba los lentes. Judy recorrió la clase de Tercero T con la mirada. ¿Qué alumno tenía pinta de ladrón de lentes de tercera clase? ¿Bradley? ¿Jordan? ¿Anya? ¿Owen? ¿Jessica Finch, la Superdeletreadora Divina de la Muerte? A lo mejor era más bien una Superladrona Maligna que te Mueres, ¿no? Jessica Finch ni siquiera usaba lentes, pero quizá, sólo quizá, hubiera robado unos para parecer más listilla todavía.

¡Genial! Un mini-misterio en un día de cole, aquí mismo, en Tercero T: el Misterio de la Desaparición de los Lentes del Profe.

Y ella, Judy Drewdy, estaba a cargo del caso.

Durante el recreo de la mañana, Judy no salió para así poder investigar. Sacó su linterna y su lupa y se puso a buscar por los pupitres y bajo las sillas, buscó en los casilleros y por los percheros, detrás de la computadora, la pecera y la jaula de los cobayas.

Todo lo que halló la detective Judy fue una hoja de calcomanías (de Rocky), una barra de pegamento (de Frank), y un clip de color rosita que sólo podía pertenecer a una persona: Jessica Finch, la fan del cerdito rosa. Judy metió la hoja de las calcomanías en la carpeta de Rocky, el pegamento en el pupitre de Frank y el clip rosita en…

¡Eh, no tan deprisa, que me da la risa! Moody Ojo de Halcón localizó una pista sobre el pupitre de Jessica Finch. Justo encima de su tarea de Lengua estaba la lonchera de Jessica con el cerdito de color rosa. Por una esquina abierta asomaba lo que parecía un par de lentes robados de profesor adulto. Judy abrió del todo la lonchera, sacó la lupa y encendió la linterna.

Pero bueno, miiiira lo qué tenemos aquí. ¡Eureka! ¡Los lentes desaparecidas del señor Todd!

Ella, Judy Drewdy, había resuelto el delito, igual que Nancy Drew. Le alegraría el día y le devolvería el don de la vista al señor Todd.

Y justo en ese momento Jessica Finch regresó al aula.

—¡Oye! Pero ¿qué haces con mi lonchera? —preguntó.

—Nada —dijo Judy, que se escondió los lentes detrás de la espalda.

—¡Señor Todd! —tartamudeó Jessica—. Creo que Judy Moody me está robando la comida. ¡Quiere llevarse mi magdalena de chocolate rosa!

Todas las miradas se posaron en Judy Moody, la ladrona de almuerzos, cuando los demás compañeros de Tercero T regresaron en fila. ¡Requetecáscaras!

—Yo no soy la ladrona, lo eres tú —dijo Judy.

—¿Ah, sí? Veamos entonces qué tienes ahí, en la espalda.

—Chicas, ¿cuál es el problema? —preguntó el señor Todd—. Judy, ¿tienes algo que quieras enseñarnos a todos?

Judy sacó las manos de detrás de la espalda. No escondían una magdalena de chocolate rosa, sino… los lentes del señor Todd.

—¡Ooooooh! —suspiró toda la clase.

—¡Yo no los robé! ¡De verdad! —dijo Judy—. Los encontré en la lonchera de Jessica Finch. *Ella* los robó y yo sé por qué: para que usted no pueda ver que no ha terminado de hacer los ejercicios de Lengua.

—¡Sí los terminé! —Jessica le dio la vuelta a su hoja de papel para mostrar los ejercicios en la parte de atrás.

—Nadie ha robado nada —dijo el señor Todd—. Jessica me estaba enseñando esta mañana los compartimentos tan prácticos que tiene su lonchera nueva. Debí de quitarme los lentes para mirar más de cerca.

—¡Y acabaron dentro de mi lonchera! —dijo Jessica.

—Judy, no es propio de ti tocar las cosas de otro.

—Pero ¡es que estaba investigando un caso! Y encontré sus lentes.

—Eso no es una excusa. A ti no te gustaría que Jessica toqueteara tu lonchera, ¿verdad? Tienes que disculparte.

—Lo siento —murmuró Judy. Ella, Judy Moody, se había puesto de mal humor. Mal humor de ¿por-qué-siempre-me-meto-en-líos?

—Se acabó el espectáculo. A sus lugares, misterio resuelto —el señor Todd se puso sus lentes—. Aunque queda el misterio de por qué no veo nada con estos lentes.

Jessica Finch se partió de risa.

—¡Glaseado rosa! Es de mi magdalena.

El señor Todd limpió el glaseado y se chupó el dedo. Arqueó las cejas y frotó los lentes con un pañuelo.

—Ya están como nuevos —dijo el profesor.

La Peliaguda Búsqueda de la Mochila Enterrada

Judy Moody, Frank y Rocky se sentaron en la segunda fila, a la espera de que comenzara el acto, con todo el colegio reunido.

—¿Por qué te trajiste la mochila? —preguntó Frank.

—No es una mochila, es mi kit de detective —dijo Judy a sus amigos—. Nunca se sabe dónde va a saltar el misterio, de esos que piden a gritos que alguien los resuelva.

—¿Aquí, en el polideportivo? —preguntó Rocky. Judy arrugó la frente.

—¡Qué ganas tengo de conocer al oficial *Mr. Chips*! —dijo Frank.

—Vaya nombre tan curioso —replicó Judy.

—No tanto, si eres un perro —dijo Frank entre risas.

—¿Un perro policía va a venir aquí? ¿Al colegio? —preguntó Judy.

—Aquí la Tierra llamando a Judy: permiso para aterrizar. ¿Es que no oiste nada de lo que nos contó el señor Todd esta mañana? —le preguntó Rocky.

—Lo siento —dijo Judy—. Es que estaba investigando un caso.

—Es una mascota de la policía —dijo Frank.

—Chicos y chicas —anunció el director—. Como todos saben, octubre es el mes de la prevención de la delincuencia, y estamos encantados de tener hoy con nosotros a dos miembros activos de la lucha contra el crimen: el oficial Kopp y su compañero, *Mr. Chips.*

Subió al escenario un policía vestido con un uniforme de color azul oscuro y con insignias en las mangas. Llevaba un perrito marrón sujeto con una correa. El perrito tenía los ojos azules, el hocico brillante y húmedo, y las orejas le iban dando saltitos graciosos al caminar. Era todo patas, unas enormes patas de cachorro.

—¡Ay, qué mono! —exclamaron a la vez algunos chicos y chicas de entre el público.

—Hola, soy el oficial Kopp y éste es *Mr. Chips* —dijo el policía—. Es un perro labrador de color chocolate. Los labradores son listos y amistosos, son muy buenos y puedes confiar en ellos. Le gusta correr, traerte las cosas que le tiras y jugar a la pelota. Y le encantan los niños.

El oficial Kopp les enseñó cómo el perro iba corriendo detrás de una pelota y se la

devolvía. A continuación, *Mr. Chips* recorrió el escenario de punta a punta con un huevo en la boca, ¡y sin romperlo! Los niños se pusieron como locos de contentos.

—*Mr. Chips* es mi mejor amigo, mi compañero y también es el nuevo miembro del equipo canino de nuestro departamento de policía —el oficial Kopp le acarició la cabeza y le dio unas palmaditas en el lomo—. Este pequeñín está aprendiendo a ser un perro policía. Lo estamos entrenando para que nos ayude a seguir el rastro de los delincuentes, a buscar por los edificios e incluso a rastrear objetos robados. El sentido del olfato que tiene mi buen amigo es tan increíble que algún día podrá ayudarnos a atrapar a un ladrón de bancos o podrá encontrar a un niño que se haya perdido.

—*Mr. Chips* vive cerca de mi casa —se pavoneó Jessica Finch—. Llevaba un collar precioso en el desfile del 4 de julio,[1] ¡y pude darle galletitas y todo! —no hacía falta un supersabueso para descubrir que Jessica Finch era doña Sabelotodo.

El público le dio un gran aplauso a *Mr. Chips*.

—¿Y come huesos? —preguntó un alumno de Primero.

—*Mr. Chips* come, principalmente, comida para cachorros, y le gustan mucho las galletitas para perros.

—¿Vive en la estación de policía? —preguntó un chico de Cuarto.

—No, como está a mi cargo, vive en mi casa conmigo y con mi familia.

—¡En mi calle! —dijo a toda prisa Jessica Finch.

---

[1] El 4 de julio se celebra la fiesta nacional en Estados Unidos.

El oficial Kopp le dio la palabra a Stink:

—¿Y se sube con usted en su coche patrulla?

—Ir en coche es lo que más le gusta a *Mr. Chips*. Todas las mañanas me ladra para pedirme que vayamos a dar un paseo. Es como si me dijera: *¡Al coche, al coche, al coche!* —le acarició las orejas al perro y le dijo—: ¿A qué perro le gusta ir en coche? Pues a ti, claro que sí, a ti.

Mr. Chips le dio un enorme lengüetazo con su lengua de color rosado y todos los niños se rieron a carcajadas.

—Y ahora necesito la ayuda de alguien del público —dijo el oficial Kopp—. ¿Tiene alguien un objeto que pueda traer al escenario? ¿Qué tal usted, la señorita de la mochila?

—¿Quién? ¿Yo? —preguntó Judy, que saltó de su asiento con una enorme sonrisa.

—Sí. Por favor, traiga su mochila al escenario para que *Mr. Chips* la olfatee. Ya que ha venido hoy al colegio, hagámosle un examen. Un examen de superolfato.

Judy subió por las escaleras del escenario.

—Éste es mi kit de detective —le dijo al oficial Kopp—. Es para resolver misterios.

—Me gusta la gente que está preparada para todo —respondió el oficial, sonriente—. Veamos si *Mr. Chips* es capaz de resolver también un misterio. Venga aquí, señorita, y acaríciselo un poco. Ahora le vamos a dejar que olisquee la mochila para que capte el olor.

Mr. Chips olfateó a Judy de la cabeza a los pies y se puso a darle lengüetazos por toda la cara con su legua de color rosado. *Chup, chup.*

—Espero que no le molesten los besuqueos de un perro —dijo el oficial Kopp.

—Claro que no —dijo Judy—. ¡Me hace cosquillas!

A continuación, *Mr. Chips* olió la mochila de Judy de arriba abajo. Finalmente, el policía levantó la mochila ante el hocico de *Mr. Chips* y le dio una orden:

—Busca —y se dirigió a Judy—. Muy bien, ahora me voy a llevar a *Mr. Chips* detrás del escenario y así tendrás tiempo de esconder la mochila. Será como jugar al escondite. ¿Estás lista?

—Lista —dijo Judy. El oficial se llevó al perro tras la gruesa cortina del escenario—. ¡Eh, no mires, *Mr. Chips*! —gritó Judy mirando hacia atrás.

Bajó por el pasillo central y pasó junto a los alumnos de Primero. Atravesó la fila de los alumnos de Segundo y saltó justo por encima de las piernas de Stink. Entonces regresó al pasillo central por el mismo camino que había recorrido.

—¡Escóndela debajo de la silla del señor Todd! —gritaron algunos alumnos de Tercero, pero Judy sólo rodeó la silla y caminó en zigzag entre los alumnos de Cuarto y Quinto.

—¡Detrás de las gradas! —gritaron otros.

—¡Escóndela en la canasta de basquetbol!

—¡El bote de basura, el bote de basura!

Por fin se detuvo frente al cuarto donde el profesor de Gimnasia guardaba todos los balones, las cuerdas para saltar y los conos de plástico de color naranja. Judy comprobó que *Mr. Chips* no estaba mirando y, en silencio, abrió la puerta.

—¡Puaj! —el cuarto estaba lleno de polvo y olía a pies, diez veces más que los apestosos tenis de Stink, así que Judy se tapó la nariz—. Esto huele tan mal que me va a poner las narices al revés —dijo y el público se echó a reír a carcajadas.

En el cuarto había un bote grande lleno de balones de futbol, basquetbol, volibol y balonmano. Judy metió la mochila bien dentro del montón de balones sucios y polvorientos y cerró la puerta del cuarto a su espalda de regreso al escenario.

Todo el mundo pidió silencio cuando *Mr. Chips* salió de detrás de la cortina. El cachorro condujo al oficial Kopp escaleras abajo. A continuación recorrió el pasillo central siguiendo el rastro de Judy. Olfateó su recorrido a través de la fila de los de Segundo y fue trotando hacia Stink, saltó por encima de sus piernas y regresó corriendo al pasillo central.

Cuando llegó a la silla del señor Todd, se puso a correr en círculos, como loco.

—¡Está persiguiendo su propio rabo! —gritó Frank.

—Denle una oportunidad —gritó alguien más.

—Vamos, *Mr. Chips* —lo animó Judy—. Puedes hacerlo.

Pero *Mr. Chips* había dejado de rastrear y parecía confundido.

—Denle un minuto —dijo el oficial Kopp—. No ha terminado aún.

De repente, *Mr. Chips* levantó el hocico en el aire, olisqueó a la izquierda, a la derecha. *¡Zas!* Volvió a salir disparado, en zigzag entre los alumnos de Cuarto y Quinto. Finalmente, llegó hasta la puerta del almacén de material.

—*¡Guau, guau! ¡Guau, guau, guau!* —ladró a la puerta. El oficial Kopp la abrió, *Mr. Chips* entró de un brinco y, de un topetazo, tumbó el bote de los balones. *¡Poing! ¡Poing!* El perro fue esquivando los pelotazos y, en un abrir y cerrar de ojos, llegó hasta el oficial Kopp con la mochila de Judy colgando de la boca.

El público se quedó boquiabierto y se puso a aplaudir y a animar al perro.

—¡Buen chico! —dijo el oficial Kopp y *Mr. Chips* meneó el rabo muy contento.

—¡Oh! —se asombraron los niños.

—Pero ¿cómo lo hizo?

—¡Ahí va!

—Ha hecho magia.

El oficial Kopp regresó al escenario con *Mr. Chips* y se inclinó ante el público en un gesto de agradecimiento.

—¡El sargento Superrastreador! El mejor compañero que se puede tener. Muchas gracias, niños. ¡Han sido un público genial!

Mr. Chips enseñaba la lengua y meneaba el rabo sin parar, como el limpiaparabrisas de un coche. Desde donde se sentaba Judy, casi parecía como si *Mr. Chips* estuviera sonriendo.

El Extraño Enigma de la Desaparición de Mr. Chips

Al día siguiente y al otro, lo único de lo que hablaba todo el mundo en la escuela era del sargento Superrastreador, también conocido como *Mr. Chips*.

Pero algo sucedió el viernes por la tarde. Algo gordo. Judy se encontraba metida de lleno en un caso muy importante —el número 15 de las novelas de Nancy Drew, es decir, *El Puente Encantado*— cuando sonó un crujido procedente del altavoz. Judy pegó un salto de medio metro y rompió el silencio de su lectura con un grito:

—¡Cáscaras!

—Profesores y alumnos —dijo la voz del director Tuxedo a través del intercomunicador—. Les daré una noticia importante. El oficial Kopp ha llamado para avisarnos de que *Mr. Chips* ha desaparecido.

Era una noticia terrible. Una noticia espantosa, nada buena, mala, una muy mala noticia. Continuó:

—El perro fue visto por última vez en este barrio, en la calle Abigail Lane, a las siete de la mañana.

—Eso está cerca de mi casa —dijo Judy.

—Ésa es *mi calle* —dijo Jessica Finch, señalándose a sí misma con el dedo.

—Como todos nosotros conocemos a *Mr. Chips* desde hace unos días y sabemos qué aspecto tiene, el oficial Kopp nos pide por favor que estemos atentos por si lo vemos. Si alguno de ustedes, supersabuesos, localiza a

Mr. Chips, que llame inmediatamente a la estación de policía. Gracias.

¡*Mr. Chips* había desaparecido! ¡Se había escapado! ¡Se había perdido! Era más que bastante probable que ése fuera el peor de todos los avisos en la historia de los avisos del director en el cole.

¡*Eh, no tan deprisa, que me da la risa!* ¡Ella, Judy Moody, estaba metida de lleno en un misterio real como la vida misma! Era un caso de personas desaparecidas, o más bien: un caso de *mascotas* desaparecidas. Pero en serio, de verdad de la buena. De hecho, era casi igual que lo que una vez le pasó a Nancy Drew: en la novela gráfica número 6 de la chica detective, desapareció un chimpancé que se llamaba *Mr. Cheeters* y que llevaba un collar de diamantes.

Quizá *Mr. Chips* no se hubiera escapado ni perdido. Quizá, sólo quizá, a *Mr. Chips* lo hubieran robado. Igual que hay ladrones de bancos, ¡serían ladrones de perros! ¡Robaperros! Quizá, sólo quizá, *Mr. Chips* llevara un supermaravilloso collar de perro con diamantes que quería robar algún tipejo sinvergüenza con un parche en un ojo, o con un tatuaje, o con un colmillo retorcido.

Aunque Judy no deseaba que le hubiera pasado nada malo a *Mr. Chips*, no podía evitar pensar que ojalá fuera un gran misterio. Un misterio en plan Nancy Drew como la vida misma. Éste era un caso para Judy Moody, la chica detective. ¡Judy Drewdy!

¿QHND? ¿Qué Haría Nancy Drew? Iba a respirar muy hondo y a pensar con detenimiento detectivesco, eso es lo que haría. Judy escribió una nota para los otros tres miembros del club de Si te Orina un Sapo: Rocky, Frank y Stink.

Cuando llegaron a la sede del club Si te Orina un Sapo después del cole, ésta ya había dejado de ser la sede del club Si te Orina un Sapo. Era la AGENCIA DE DETECTIVES JUDY MOODY. Eso decía el cartel torcido y pegado con cinta adhesiva en la puerta de la tienda de campaña. Dentro había una silla, una lámpara y un cartel que decía: SE BUSCA A STUMPY, SNIGGS Y SNORKY.

—Yo traje unos anteojos —dijo Rocky.

—Yo traje material de fisgoneo —dijo Frank—. Ya saben, cosas de espías. Un teles-

copio, gafas de sol, narices de mentira y radios para hablar entre nosotros.

—Y yo… yo traje… mi nariz superrastreadora, ya saben, para olfatear las pistas —dijo Stink—. ¿Y cuál es ese misterio tan gordo?

—Creo que alguien se robó a *Mr. Chips* —dijo Judy—. Veamos los hechos. Primero, Jessica Finch vive enfrente de *Mr. Chips* y en la comida me dijo que jamás, bajo ningún motivo, se separaba del oficial Kopp. Segun-

QUIÉN: los miembros del club de Si te Orina un Sapo
QUÉ: Reunión de Emergencia
DÓNDE: Agencia de Detectives Judy Moody (antes la tienda del club de Si te Orina un Sapo)
CUÁNDO: después del cole
POR QUÉ: resolver un misterio muy gordo

¡BATRACIO EL QUE NO VENGA!

do, Jessica Finch dijo que *Mr. Chips* tiene un collar precioso que llevó puesto en el desfile del 4 de julio. Tercero, unos tipejos se lo podrían haber llevado para echarle el guante a los diamantes de su collar de perro.

—Jessica Finch no lo sabe todo —dijo Stink.

—Claro que sí. ¿Por qué crees que la llamamos doña Sabelotodo? —dijo Frank.

—Deberíamos empezar por la casa del oficial Kopp, la escena del crimen —dijo Judy—. ¡Esperen! Primero les tomaré juramento.

—Pues a mí no me dejan decir juramentos —dijo Stink.

—Stink, en el mundo de los detectives, eso significa que vas a hacer una promesa super-en-serio y que vas a ser un buen ayudante de investigador y que vas a colaborar para resolver el misterio.

Judy entregó a cada uno de los chicos una tarjeta adhesiva con sus respectivos nombres.

—Tomen, tienen que llevar esto puesto: agente Stink, agente Pearl, agente Rock.

—Pero yo quiero ser el agente 007 —dijo Stink.

—¿Y puedo ser yo el agente Tintín? —preguntó Frank.

—¿Y cómo es que la mía dice "agente Rock" en lugar de "Rocky"? —preguntó él.

—Porque suena más chulo —dijo Judy, que sacó un juego de pins con forma de insecto.

—¡Oye, ésos son mis pins de insectos fósiles! —protestó Stink.

—¿Por qué tenemos que ponernos esa especie de mosca? —preguntó el agente Rock.

—Deja ya de *mosquearme* —dijo Judy mientras les entregaba sus pins—. Todos los detectives llevan una placa. Éstas serán nuestras placas oficiales.

—¿Y puedo ser yo el bicho bola? —preguntó Stink. Judy le entregó un ciempiés que daba un poco de asco.

—Oye, dije que quería ser el agente Tintín, no el agente libélula —dijo Frank mientras que Rocky, "agente Rock", se ponía el pin del escarabajo jurásico.

—Bien —dijo Judy—. Yo seré la cucaracha.

—Pues yo sé cómo hacer placas de verdad —dijo Stink—. Lo vi en un programa de la tele. Primero recortas un trozo de cartón con la forma de un escudo pequeño, después le pegas una lámina de papel de aluminio y...

—No estamos haciendo manualidades.

—Muy bien —protestó Stink—. Entonces me pondré el pin de la catarina, pero voy a hacer como si fuera un bicho bola prehistórico y no vas a poder impedirlo.

—Levanten la mano derecha y repitan lo que yo diga —dijo Judy—: Yo, el agente Stink, Pearl o Rock...

—Yo, el agente Stink, Pearl o Rock...

—... juro solemnemente...

—... juro solemnemente...

—... aunque no me dejan jurar —dijo Stink.

—... que obedeceré todas las normas de los detectives...

—… que obedeceré todas las normas de los detectives…

—… y escucharé a Judy…

—… y escucharé a Judy…

—… porque ella es la M. I. M. M., la Mejor Investigadora de Misterios del Mundo…

—… porque ella es la…

—Oye, dijiste que eres *una M* —dijo Stink—, y a mí no me dejan decir que *alguien es una M.*

Judy se rio y dijo:

—Bueno, qué más da —se puso su pin con la cucaracha y señaló calle abajo—. ¡A la escena del crimen!

❧   ❧   ❧

En menos de lo que se tarda en decir "elemental, querido Watson", Judy y sus dos ayudantes (además de su pequeño pariente impertinente), se encontraban tocando a la puerta de la casa del oficial Kopp.

—Yo seré quien hable —dijo Judy mientras se abría paso con los codos hasta ponerse enfrente. El oficial Kopp abrió la puerta en pantalones de mezclilla y calcetines. Llevaba el teléfono en una mano y un montón de cartelitos en la otra. Judy comenzó su discurso—: Hola, somos del colegio Virginia Dare...

—Esto no son pins de insectos fósiles —interrumpió Stink—, son placas, ¿eh?

Judy se volvió hacia Stink y le dedicó su mejor mirada de escarabajo hércules.

—Hemos oído lo de *Mr. Chips*, somos detectives y...

—¿Ah, sí? ¿Detectives? —dijo el oficial Kopp.

—¿Dónde está su uniforme? —preguntó Frank sin quitar ojo a los calcetines del oficial de policía.

—Venimos corriendo en cuanto nos enteramos de que habían robado a *Mr. Chips* —añadió Rocky.

—No sabemos si se lo robaron —dijo el oficial Kopp—. Lo más probable es que se haya escapado, aunque no sé cómo, no se me habría ocurrido en mi vida. Eso sí, me alegro mucho de verlos, chicos.

Judy se puso más recta de pronto.

—¿Se alegra de verdad?

—Claro que sí. Esperaba que me pudieran ayudar a poner estos carteles por la ciudad —en los cartelitos que llevaba en la mano se leía PERDIDO y mostraban una foto muy graciosa de *Mr. Chips.*

—Los pondremos en Pelos y Plumas, la tienda de mascotas —dijo Rocky.

—Y en el supermercado —dijo Frank.

—Y por toda la ciudad entera —añadió Stink.

—¡Fantástico! —dijo el oficial Kopp.

Judy sacó su cuaderno de notas.

—Entonces es aquí donde *Mr. Chips* fue visto por última vez, ¿no?

—En el jardín de la parte de atrás, esta mañana —contestó el policía.

—Ajá —dijo Judy mientras garabateaba en la libreta—. ¿A qué hora fue eso?

—Mi mujer lo dejó salir hacia las seis y media de la mañana, creo yo. Entonces llené su plato y lo metí en su jaula hacia las siete. Al cuarto para las ocho salí a buscarlo y ya no estaba. Aún tenía la comida en el plato.

—Ajá, ajá —dijo Judy, que seguía garabateando notas.

—Pobre *Mr. Chips* —exclamó Frank.

—¿Podemos ver la jaula? —preguntó Judy. Un buen detective siempre le echa un vistazo a la escena del crimen.

—Por supuesto que sí. Vengan por aquí a la parte de atrás —dijo el policía, que los condujo en calcetines hasta un jardín muy cuidado y con una valla. En un lado había una gran jaula hecha de paneles de alambre, mucho más grande que una caseta para perros. El oficial Kopp se rascó detrás de la cabeza—. *Mr.Chips* no había hecho nunca algo como esto. Todo el jardín está cercado y se supone que no se puede escapar de la jaula.

La puerta tenía un pasador con un gancho en forma de "U".

—¿Estaba abierto el pasador de la puerta cuando usted llegó al cuarto para las ocho? —preguntó Judy.

—Estaba igual. El pasador cerrado y la puerta no estaba abierta.

Más notas garabateadas.

—¿Ha visto a algún individuo sospechoso merodeando por aquí?

—¿Alguien con un nombre parecido a Grumpy o Spinky? —preguntó Stink.

—No que yo sepa. Este vecindario es muy tranquilo —y justo en ese momento sonó el teléfono en el interior de la casa—. Me están llamando, el teléfono no ha parado de sonar. Quizá sea una pista, perdónenme —el oficial Kopp salió corriendo hacia la casa.

Judy dio una serie de golpecitos con el lápiz sobre la libreta.

—Veamos los hechos: primero, la puerta está cerrada y el pasador puesto. Segundo, la comida del perro aún está en el plato y, si piensas escaparte, ¿no terminarías primero de desayunar? —los chicos asintieron.

—Idea brillante número sesenta y siete —dijo Judy—. Stink, métete en la jaula. Vamos a cerrar la puerta y a ver si puedes salir.

—¿Es alguna clase de trampa? ¿Vas a encerrarme en la jaula y salir corriendo?

—No se trata de una trampa, sino de una costumbre real de los detectives, que representan las situaciones para poder descubrir lo que ha pasado. Vamos, no seas plasta, diste tu palabra —Stink entró en la jaula arrastrando los pies y Judy cerró el pasador—. Ahora haz como si fueras un perro.

—Oye, no voy a ir por ahí a cuatro patas y a hacer como si fuera un perro.

—Los perros no hablan, Stink.

—¡Guau! —Stink se puso a cuatro patas y movió una mano en el aire.

—Ahora dale un golpe a la puerta de la jaula. No vale usar las manos.

Stink golpeó la puerta de alambre de la jaula.

—¡Ay! —dijo. Se sobó el hombro.

—¿Lo ven? —comentó Judy—. Imposible, no la puede abrir. Y eso que él es mucho más grande que *Mr. Chips* —se agachó al suelo con la lupa en busca de pistas—. ¡Ajá! —gritó tan alto que los tres chicos dieron un respingo.

—¿Viste a algún tipejo?

—¿Viste a un ladrón?

—¿Viste a un oso?

—No, pero vi la huella de un tipejo ladrón tan grande como la de un oso. Miren —dijo Judy, señalando una zona embarrada delante de la puerta de la jaula.

—Es probable que sólo sean las huellas del oficial Kopp —dijo Rocky.

—O las de un tipejo como Stumpy o Snorky —replicó Judy.

—Pero es que son megaenormes —dijo Stink—. Son como cuatro huellas juntas. Dame tu regla para que las mida.

—No tengo una regla —dijo Judy.

—¿Tanto kit de detective y no tienes una regla?

—En *El Símbolo del Árbol Embrujado*, Nancy Drew utilizó su falda como si fuera una regla.

—Entonces, dame tu falda.

—¡Cómo crees eso, cara de queso!

—Desde luego que estas huellas no son humanas —dijo Frank.

—¡Puede que un oso se comiera a *Mr. Chips*! —exclamó Rocky.

—¡O el Yeti! —gritó Stink.

—El Abominable Hombre de las Nieves —dijo Frank.

—¿Quieren hablar en serio de una vez? —preguntó Judy.

—Eh, allí hay más huellas —dijo Stink—. Y parecen de zapatos.

—Stink, a ver si te enteras, que ésas son tus propias huellas —replicó Judy.

Frank señaló algo que había enganchado en la valla.

—¡Mira eso, Judy!

—Pero ¡qué tenemos aquí! —exclamó ella—. Un mechón de pelo.

—Podría ser del perro —dijo el agente Rock.

—O de un yeti —dijo el agente Pearl.

—Déjenme pasar. *La Nariz* va a rastrear la pista —Stink lo olisqueó y levantó la nariz—. Sí señor, es pelo de perro. ¡Puaj! Huele peor que el Yeti.

—Y a ver, ¿cuándo oliste tú al Yeti? —dijo Judy, que sacó sus pinzas y puso la prueba del pelo de perro dentro de una bolsa de plástico con cierre.

—¿Qué piensas tú entonces? ¿Crees que *Mr. Chips* se restregó contra la valla cuando esos tipejos se lo llevaban a rastras? —preguntó Frank.

—¡Robaperros! —masculló Judy.

—¿De verdad crees que alguien robó a *Mr. Chips*? ¿En serio? —preguntó Rocky.

—¡Despabílate! Y mira las pistas —dijo la investigadora Judy—. Primero, *Mr. Chips* ni

siquiera pudo acabarse el desayuno. Segundo, él solo no puede abrir el pasador de la puerta. Y tercero, hay huellas enormes de tipejo ladrón por todas partes.

—¡Bribones! —dijo Rocky.

—¡Ladrones! —dijo Frank.

—¡Robaperros! —dijo Stink.

Ella, Moody Ojo de Halcón, había encontrado pista tras pista, igualito que Nancy Drew. Interpretó las pruebas. Estaba a punto de resolver el caso. ¡Lo único que tenía que hacer ahora era perseguir a un par de sinvergüenzas robaperros con botas de la talla 53!

El Suculento Suceso del Hurto del Hueso

Cuando Stink se despertó a la mañana siguiente, Judy ya estaba trabajando de lleno en el caso. Se había tirado en el suelo rodeada de un arcoíris de crayolas.

—¿Qué le estás haciendo a los cartelitos del oficial Kopp? —le preguntó Stink.

—Los estoy arreglando —dijo Judy mientras coloreaba de azul los ojos de la foto de *Mr. Chips*.

Stink ladeó la cabeza para poder leer boca abajo. Estaba intentando descifrar lo que Judy acababa de escribir.

—"¿Ha visto a este Berro?"

—"¿Ha visto a este *Perro*?"

—Ah, es que tu "P" parece una "B".

—Stink, un buen detective es capaz de leer boca abajo y del revés —dijo Judy mientras coloreaba de negro una letra "R".

—¿"*asnepmoceR*"? —preguntó Stink conforme enderezaba la cabeza.

—¡"*Recompensa*"! —dijo Judy—. Tenemos que ofrecer dinero para quien haya visto a *Mr. Chips*, o tenga alguna información sobre su paradero, llame a la policía. La Regla Número Uno para ser un buen detective es no tener miedo de pedir ayuda.

—¡Querrás decir la Regla Número *Tropecientos Uno*! —dijo Stink—. Entonces, ¿quien encuentre a *Mr. Chips* se lleva una recompensa?

—Sí.

—Si lo encuentro yo, ¿entonces me llevo yo el dinero? —preguntó Stink. Judy no le hizo ni

caso y se puso a escribir "23.80 dólares"—. Guau —siguió diciendo Stink—. Veintitrés dólares con ochenta centavos. Eso es un montón de dinero. ¿Cómo se te ocurrió esa cifra?

—Es todo lo que tienes en tu alcancía con forma de cerdito, Stink.

—¿Rompiste mi alcancía? —Stink fue corriendo a su habitación y trajo su cerdito—. Qué raro. Mi alcancía no está rota... y el candado sigue puesto —dijo Stink. Levantó la alcancía hasta la altura de su oreja y la sacudió. Estaba vacía.

—El Misterio del Dinero Desaparecido —dijo Judy.

—¡Abriste el candado! Lo hiciste con uno de esos pasadores tuyos en plan Nancy Drew.

—No lo puedes demostrar, Stink.

—¡No vale! No puedes seguir quitándome mis cosas. Primero mis monedas con las caras de los presidentes, luego mis pins de insectos fósiles y ahora esto. A eso se le llama robar y te convierte en alguien tan malo como Snarky, Snuffy y Stingy, esos tipejos de Nancy Drew.

—Para tu información, son Snorky, Sniggs y Stumpy.

—Da igual, sigue siendo mi dinero.

—Bueno, tú me robaste una bolsa entera de ratones-gomita. Piensa, Stink. Si encuentras a *Mr. Chips,* puedes recuperar tu dinero.

—Pero ¡si ese dinero ya es mío! No tengo por qué recuperarlo.

—Es por una buena causa —le recordó Judy—. Si quieres saber mi opinión, ese candado estaba pidiendo a gritos que alguien lo abriera.

—¡Devuélvemelo! —dijo Stink mientras extendía la mano.

—Grrrrr… —gruñó Judy y le entregó el dinero. Ahora tenía que pensar en otra cosa que ofrecer como recompensa, algo bueno. Algo de lo que cualquiera recibiría contento un buen montón. Miró alrededor de su habitación y sus colecciones. Por fin se le ocurrió una idea.

᠗ ᠗ ᠗

En menos tiempo de lo que se tarda en decir "te atrapé con las manos en la masa", Judy y Stink se dirigieron a toda velocidad, y con las ruedas bien infladas, al supermercado para poner los carteles. La vieja bici de color turquesa de Judy no era precisamente un convertible azul como el de Nancy Drew, pero el viento sí le revolvía el pelo y el sol del mes de octubre le coloreaba las mejillas.

Judy y Stink se encontraron con Rocky y con Frank fuera del supermercado.

—Ya pasamos por Pelos y Plumas, y por la heladería Mimí —dijo Frank.

—Y por la panadería, el boliche y la tienda de regalos de cumpleaños —añadió Rocky.

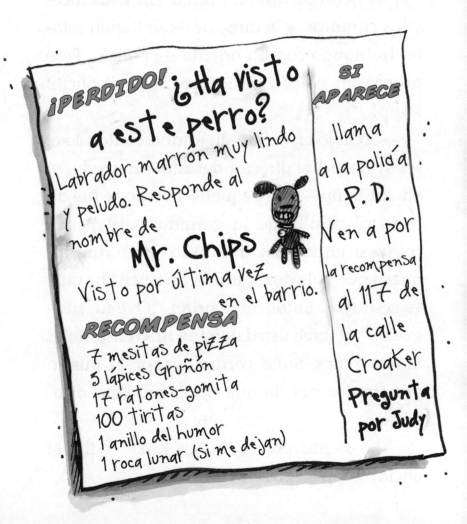

¡PERDIDO! ¿Ha visto a este perro?

Labrador marrón muy lindo y peludo. Responde al nombre de **Mr. Chips**

Visto por última vez en el barrio.

RECOMPENSA

7 mesitas de pizza
5 lápices Gruñón
17 ratones-gomita
100 tiritas
1 anillo del humor
1 roca lunar (si me dejan)

SI APARECE

llama a la policía.

P. D. Ven a por la recompensa al 117 de la calle Croaker

Pregunta por Judy

—¡Genial! —exclamó Judy.

En el interior del supermercado, un montón de gente se arremolinaba entre las luces y las cámaras, y el director de la tienda estaba hablando con un agente de policía. Pero no era un policía cualquiera, ¡era el oficial Kopp!

—Lo digo en serio —le estaba contando el señor Keene, el director del supermercado, al oficial Kopp—. Ese pequeño peludo se fue directo al pasillo de la comida para perros como si nada, tan tranquilo, y mordió un hueso que vale dos dólares con setenta y nueve centavos. Entonces le grité: "¡Oye tú, suelta eso!", y ¿cree usted que me hizo caso? Pues noooo señor. Salió corriendo por la puerta principal antes de que nadie pudiera atraparlo.

—Lo siento por el hueso, Mike —dijo el oficial Kopp—. Yo se lo pagaré.

—Mira que es listo ese cachorrillo, cómo sabía en qué pasillo estaba lo que más le gusta…

—¿Eso es todo lo que parece haberse llevado el sospechoso? —preguntó una reportera.

—¿Sospechoso? Pero si es un perro, ¡lo que hay que oír! —dijo el señor Keene.

—¿Cómo era el ladrón, pudo verlo?

—Claro —dijo el señor Keene—: marrón y peludo —y se volvió al oficial Kopp—. Me imagino que, en lugar de rebajar los delitos cometidos, se puede decir que cometió un delito en las rebajas —dijo a carcajadas y la barriga le tembló justo donde se le había soltado un botón de la camisa.

La reportera se volvió a la cámara y empezó a hablarle a su micrófono:

—Un ladrón anda suelto tras cometer un arriesgado hurto en el pasillo de comida para perros del supermercado local —afirmó—.

Podría decirse que el animal de cuatro patas, el mejor amigo del hombre, fue *super*rápido en este *super*mercado —entonces fingió una sonrisa frente a la cámara—. ¡Corten!

Judy siguió al oficial Kopp al exterior de la tienda.

—¿Es que piensan que fue *Mr. Chips*? —le preguntó Judy.

—Lo único que ha visto la gente es un rayo de color chocolate y una cola, pero sí ha debido de ser él. ¡Sigan buscando! —ordenó el oficial mientras se metía en su patrulla de color blanco y negro, para dirigirse hacia la salida del estacionamiento con la sirena encendida.

Judy y sus mejores compinches (así se dice "amigo" en la jerga de Nancy Drew) buscaron por todo el estacionamiento del supermercado: debajo de los coches, detrás de un árbol, en los contenedores de basura, etcétera. Interrogaron a cada cliente del supermercado que se encontraron:

—No vio usted a un cachorrito de labrador chocolate con las patas muy largas, ¿verdad?

Pero la respuesta siempre era un no. Hasta que una señora con unos lentes muy curiosos señaló hacia la esquina más lejana del estacionamiento.

—Los tipos aquellos de la camioneta tenían un perro.

—¿Dónde? ¿Qué camioneta? —preguntó Judy mirando sin parar de un lado para otro—. ¿Era de color chocolate? ¿Era muy mona? ¿Era *Mr. Chips*?

Justo en ese momento, una camioneta de color verde oscuro arrancaba a toda prisa y atravesaba el estacionamiento con un chirrido de llantas. Judy y sus amigos se apartaron de un salto. La camioneta dio un bandazo y salió del estacionamiento sin detenerse.

—¡Alto! ¡Ladrón! —gritó Judy, pero la camioneta se alejó calle abajo a gran velocidad antes de que ella pudiera distinguir las placas.

—¿Vieron eso? Tienen que ser ellos, ¡los tipejos robaperros! —Judy respiraba acelerada y señalaba en dirección a la calle—. Pero cómo se parece esto al primer misterio de Nancy Drew, *El Secreto del Viejo Reloj*.

—¿Y en qué se parece esto a un reloj viejo? —preguntó Rocky.

—Bueno ya, chicos, que no leyeron el libro.

—No, yo no lo he leído —dijeron los tres al mismo tiempo.

—En primer lugar, hay una camioneta oscura. Segundo, hay una chica llamada Judy que intenta cruzar la calle y casi la atropella una camioneta en marcha. Entonces se cae por un puente y Nancy Drew tiene que rescatarla. Al final resulta que los tipejos ladrones de joyas han robado un viejo reloj y eso.

—Creí que habías dicho que los ladrones de joyas salían en *El Misterio del Tronco Envuelto en Latón* —dijo Stink.

—Y en *El Misterio en Lilac Inn* y en *El Fantasma de Blackwood Hall*, y...

—Pero bueno, Nancy Drew debe de tener más joyas que la reina de Inglaterra.

—Nancy no se las puede quedar, Stink —dijo Judy y sacó su cuaderno—. Muy bien, ¿alguien vio algo? No sé, algo como las placas y eso.

—Las primeras tres letras eran algo así como K-G-B —dijo Rocky.

—A-B-C —dijo Frank.

—N-B-A —dijo Stink—. O quizá U-V-A.

—Genial —dijo Judy mientras se ponía el lápiz sobre la oreja—. Entonces ya sabemos quién se llevó a *Mr. Chips*: unos espías rusos fanáticos del abecedario, el basquetbol y las uvas.

—Pues yo creo haber visto que uno tenía las orejas puntiagudas —dijo Stink.

—O sea, que además parecen enanitos del bosque, ¿no? *Arrrg* —gruñó Judy—. ¿Y en la camioneta? ¿Había algún letrero?

—Tira y afloja —dijo Stink.

—Mira y empuja —dijo Rocky.

—Gira y estruja —dijo Frank.

—¡Escusado, Emergencia! —dijo Stink.

—Ahora no, Stink.

—Digo que en un lado decía "Escusado, Emergencia". Lo vi, de verdad, no miento.

—Stink tiene razón —dijo Frank.

Judy mordisqueó el lápiz.

—Escusado, Emergencia. Tira y afloja. Entonces deben de ser como esos hombres que arreglan los escusados y eso. ¡Genial!

—O sea, que los supermalos son plomeros, ¿no? —preguntó Frank.

—Ésa es sólo su pantalla —explicó Judy—. Todo el mundo sabe que los ladrones internacionales de joyas no pueden ir por

ahí en una camioneta en la que diga "Ladrones de joyas".

—También decía algo así como "Desembarcos" —dijo Rocky.

—¿Desembarcos? —preguntó Judy—. ¿Estás seguro de que no decía *DESTAPACAÑOS?*

—¡ASALTA BARCOS! —gritó Stink.

—Genial —dijo Judy—. Ahora vamos todos a ponernos nuestros trajes de pirata y a asaltar un barco, ¿no? Y después seguiremos buscando a *Mr. Chips*.

—¡Hurra, al abordaaaaajeeeeee! —gritó Stink.

—¡Ya lo sé! —dijo Frank—. Vigilaremos bien el supermercado hasta que regresen.

—Claro, porque sabemos que *Mr. Chips* está hambriento, ¿verdad?

—Sí, ¿por qué motivo si no iba a robar un hueso un perro policía? —preguntó Frank.

—No puedo creer que *Mr. Chips* sea un ladronzuelo —dijo Rocky.

—Es que yo no creo que *Mr. Chips* sea un ladrón —dijo Judy—. Apuesto a que esos tipejos son tan malos que ni siquiera le dan de comer, así que el pobre *Mr. Chips* tiene que robar su propia comida.

—Pues va a tener que arrestarse a sí mismo por quebrantar la ley —dijo Frank entre carcajadas. Rocky y Stink también se botaron de risa.

—Chicos, esto no nos va a ayudar a encontrar a *Mr. Chips* —dijo Judy.

—Regla Número Uno —le respondió Stink—. Un buen detective siempre conserva el sentido del humor.

El Atascado Caso del Escusado Estropeado

Durante el resto del sábado y todo el domingo, Judy y sus compañeros aprendices de detective recorrieron el barrio en bicicleta en busca de una camioneta de color verde oscuro. Se toparon con camionetas blancas, azules, marrones, naranjas, pero ni una sola de color verde con un letrero en el costado que dijera "Escusado, Emergencia" conducida por tipejos comedores de uvas y con las orejas puntiagudas.

El lunes por la mañana, ella, Judy Moody, estaba de mal humor. Un mal humor de

¿por-qué-no-podré-yo-resolver-un-misterio? y, justo en ese momento, cuando menos se lo esperaba, surgió una pista.

Judy estaba garabateando huellas de perro con su lápiz Gruñón mientras el señor Todd les daba una charla sobre hábitos saludables cuando de repente, por las buenas, la voz del director irrumpió desde el altavoz y dijo las tres palabras mágicas:

—Chicos y chicas, me temo que tenemos algún problema con los *escusados* del área de Tercero y Cuarto. Tuvimos una *emergencia* esta mañana, cuando se rompió una cañería e inundó el baño de las chicas. Ya han llegado los *plomeros* para arreglar el problema, por eso les pedimos que utilicen los baños que están junto a la biblioteca, hasta nuevo aviso.

¡Escusado! ¡Emergencia! ¡Plomeros! Aquellas tres palabras sonaban a música celestial en los oídos de Judy. Estiró el cuello para poder ver

el estacionamiento. Y entonces fue cuando la vio: una camioneta de color verde oscuro, ¡estacionada justo enfrente de la entrada del colegio!

Judy sacó su cuaderno de notas y escribió "SOS" con el lápiz labial de color rojo. Lo sostuvo en alto para que Frank y Rocky lo vieron. A continuación, levantó la mano como un rayo.

—Señor Todd, tengo que ir al baño. Ya no aguanto, y Rocky y Frank tampoco —toda la clase se echó a reír. Frank se puso rojo como un tomate—. Es decir, también tienen que ir al baño.

Jessica Finch levantó la mano.

—¡Emergencia! ¡Emergencia! Yo también voy.

Jessica Finch estaba siendo una copiona de campeonato, la muy soplona…

—¿Saben qué? —dijo el señor Todd—. Pues todos nos vamos a tomar un pequeño descanso para ir al baño.

Moody Ojo de Halcón estaba de nuevo en el caso.

Judy, Rocky y Frank salieron corriendo por la puerta y bajaron al vestíbulo en lugar de dirigirse al baño de la biblioteca. Se fueron directos al baño de las chicas con el escusado estropeado. Por el camino, se toparon de frente con el agente Stink.

—Stink, el baño de las chicas está estropeado y los tipejos plomeros lo están arreglando. ¡En serio! —le contó Judy.

—Judy vio la camioneta estacionada ahí fuera —dijo Frank—. Es verde, igualita que la del supermercado.

—*Mr. Chips* podría estar justo aquí, ahora mismo —exclamó Rocky.

—Esto es algo muy gordo, Stink, y sólo disponemos de cinco minutos. Vas a vigilar mientras nosotros revisamos el baño.

—¿Qué? No pueden entrar ahí. ¡Podría haber escusados a punto de estallar! ¡O unos tipejos malvados! Los podrían atar con cuerdas, o darles un remojón de aquellos o algo así.

—¿Un remojón? —preguntó Judy.

—Eso es cuando te meten la cabeza en el escusado… ¡y jalan la cadena! —susurró Frank.

—Regla Número Uno, Stink: no tengas miedo de los remojones —Judy se metió la mano en el bolsillo y sacó su lápiz labial de auxilio—. Si pasa algo, escribiré "SOS" en el espejo. Además, tengo quien me cubra las espaldas. El agente Rock y el agente Pearl van a entrar conmigo.

—Yo no entro en el baño de las chicas —dijeron Frank y Rocky a la vez.

—Tenemos que hacerlo —dijo Judy—. ¡Por *Mr. Chips*!

—Rápido —dijo Stink, que miraba a un lado y a otro del vestíbulo—. Si necesitas

ayuda, sólo tienes que gritar "papel higiénico".

Judy se agachó para pasar por debajo de
la cinta amarilla donde decía "No Pasar".
Mientras avanzaba de puntillas, sentía los
latidos del corazón en la garganta. Frank y
Rocky la seguían de cerca.

—¡Oye, es rosa! —dijo Rocky en voz baja.

—Sí, y las chicas tienen *jabón* —replicó
Frank.

—¡*Sssshh!* —dijo Judy. El lugar estaba muy
silencioso. Demasiado silencioso. La puerta de
uno de los baños se movió hasta apoyarse contra el lavabo—. ¿Hay alguien ahí? —preguntó
ella, conteniendo la respiración. Sacó su lápiz
Gruñón para defenderse y se fue acercando
al fondo del baño, centímetro a centímetro, y
asomó la cabeza por la esquina del último escusado—. ¡AAAAHH! —gritó.

Frank y Rocky retrocedieron de un salto.

—¡Pero bueno! Si aquí dentro no hay nadie —dijo Rocky.

—Ya lo sé, pero es que tenía guardado un grito aquí dentro y ya me estaba pidiendo salir.

—¡Papel higiénico! ¡Papel higiénico! —gritó Stink al entrar en el servicio de las chicas.

—Falsa alarma, Stink —dijo Frank—, ni siquiera están aquí.

—No están, pero *han estado* —dijo Judy, señalando en dirección a unas herramientas que había en el suelo.

—¡A lo mejor se han escapado por el escusado, jalando la cadena! —exclamó Stink.

—Stink, tú sí que tienes el cerebro en remojo.

Frank recogió del suelo un trozo de tubería vieja.

—Lo hizo el plomero, con la tubería, en el baño rosa. Es como en el juego de Clue.

—Quizá sean plomeros fantasmas —dijo Stink—. Como el caballo fantasma en el número cinco de Nancy Drew: *El Secreto del Rancho Sombrío*.

Judy guiñó un ojo y dijo:

—Buen trabajo, agente Bicho Bola. ¿Cómo lo sabías?

—Mmm, me lo contaste tú —dijo Stink, pero Judy decía que no con la cabeza—. Pues, mmm, a lo mejor lo he visto en el pupitre de Sofía de los Elfos y a lo mejor da la casualidad que le he echado un vistazo.

—Fantasmas o no, han estado aquí —dijo Rocky—. Y si tenemos a unos plomeros de mentira con una camioneta verde, *Mr. Chips* no puede estar muy lejos.

—Pero en serio, de verdad de la buena —dijo Judy.

—Mira esto —dijo Frank. Tenía en la mano un trozo de cuerda vieja. Un extremo estaba

atado con un nudo y el otro estaba deshila-
chado—. ¡Toma prueba!

Stink olfateó la cuerda y dijo:

—Ya te dije, huele a perro. *La Nariz* sí que
sabe.

—Pobre *Mr. Chips* —dijo Frank.

—Nos estamos acercando, lo noto —afirmó Judy—. Apostaría mi anillo del humor a
que atan a *Mr. Chips* con esta cuerda mientras hacen como si arreglaran escusados.

—¿Y dónde se han ido ahora? —preguntó
Rocky.

Judy giró el lápiz labial mientras le daba
vueltas y más vueltas a su detectivesco cerebro.

—Ya lo tengo —dijo y chasqueó los dedos—. Salieron corriendo con mucha prisa
gordísima porque saben que lo sabemos.

—¿Y cómo sabes tú que saben que lo sabemos? —le preguntó Frank.

—No lo sé. Llamémoslo intuición de Nancy Drew. Sólo sé que saben que lo sabemos.

—Yo sé que me duele la cabeza —dijo Stink.

—Será mejor que nos demos prisa y salgamos de aquí —dijo Frank.

—Antes de que la soplona nos acuse —dijo Judy.

—Hoy salimos antes —dijo Rocky mientras miraba su reloj—. Sólo faltan doce minutos para que se acabe la clase.

—Eh, oye, ¿será que tienen jabón en su baño? ¿Y de color rosa? —preguntó Stink.

—Vamos a ver, ¿se puede saber desde cuándo es todo el mundo tan fanático de la limpieza? —preguntó Judy.

Los cuatro chicos se fueron derechitos hacia la puerta y se encontraron a la señora Tuxedo en el vestíbulo.

—¿Vio por dónde se fueron los plomeros? —preguntaron al tiempo Judy y sus compañeros investigadores—. ¿Tenían las orejas puntiagudas? ¿Escuchó ladrar a un perro?

—Chicos, será mejor que regresen a clase —respondió la señora Tuxedo—. El timbre va a sonar en cualquier momento.

Durante los últimos doce minutos de clase, Judy Moody estuvo tan nerviosa que parecía que tenía grillos en los tobillos, aguijones en los pantalones y arañas en las pestañas. A ver, ¿quién se puede quedar ahí quieto y sentado cuando la camioneta verde podría estar de vuelta en un minuto?

¡Qué fuerte, qué mala suerte! Una red internacional de ladrones aquí mismito, ¡en el cole! Con Judy Drewdy y sus detectives de primera en el caso, aquellos ladronzuelos tenían sus días de robaperros contados.

Por fin sonó el timbre. Judy salió disparada hacia el estacionamiento por la puerta principal, pero seguía sin aparecer la camioneta verde.

—Todo el mundo arriba —gritó el conductor del autobús.

Judy se quedó esperando hasta el ultimísimo segundo posible. Sin noticias de la camioneta. Se subió al autobús de un saltito. Las puertas resoplaron al cerrarse y el autobús arrancó y salió del estacionamiento. Judy aplastaba su nariz contra la ventanilla del autobús escolar número 211.

¡Eh, allí estaba! ¡Una camioneta verde! Ésa en la que decía "ARREGLAMOS ESCUSADOS Y OTRAS EMERGENCIAS DE PLOMERÍA". Y más abajo, en el lateral: "ESPECIALISTAS EN DESTAPACAÑOS".

¡Ésa era! ¡Eran ellos! Stink y Rocky también la habían visto.

—¡PARE! —gritó Judy—. ¡Pare el autobús!

El conductor no podía parar porque uno de los niños tuviera una emergencia que no fuera de las de ir al baño. No podía parar por una emergencia que era más bien de las de resolver misterios. El conductor había de seguir un horario superimportantísimo.

Judy sacó su lápiz labial de Nancy Drew y escribió "SOS" en la ventana trasera del autobús escolar.

Pero el conductor no dejó que se bajara, ni aun así. Le dijo a Judy que se sentara, pero claro, es que él no sabía que en esa camioneta quizá estuviera *Mr. Chips*.

Desde la parte trasera del autobús, Judy vio la camioneta verde alejarse hasta que fue del tamaño de un chícharo. Y las ruedas del autobús no paraban de rodar y rodar. El corazón detectivesco de Judy latía con mucha fuerza: *pum-pum, pum-pum.* ¿Y si nadie encontrara a *Mr. Chips* nunca jamás de los jamases?

—Yo te encontraré, *Mr. Chips*, no te preocupes —susurró ella, Judy Moody, para nadie excepto para sí y para el firmamento.

El Sabroso Secreto del Sándwich Sospechoso

Después del cole, Judy se encontraba sentada en su cama. Mordisqueaba un lápiz e intentaba pensar en un plan: un plan anticamioneta verde. De repente, empezó a oír unos sonidos extraños procedentes del baño: sonidos de chapoteo, sonidos de gorgoteo, sonidos de borboteo, ¡el sonido de alguien en remojo!

¿Estaría Stink dándole un baño de burbujas a *Astro*, su cobaya? ¿Le estaría dando clases de surf en la bañera a *Ranita*? Judy se bajó de su litera para investigar. *Mouse* la siguió muy de cerca.

—Stink, ¿quién está en la ti…? —pero Stink no estaba en la tina. ¡Estaba metiendo cosas en el escusado! A Hulk, a Iron Man, el patito de goma y el juguetito chillón de *Mouse*. Los apretujó bien hacia abajo con su espada láser de plástico. *Ñic-ñic-ñic-ñic. Mouse* se subió al escusado para ver mejor.

Judy miró en el interior del escusado. Estaba lleno de pececillos muertos que flotaban, bueno, de galletitas con forma de pececillo, en realidad.

—Stink, ¿qué estás haciendo? ¿Estás jugando al megatsunami con los superhéroes en el escusado?

—Qué va —dijo Stink—. ¿Es eso lo que parece? Lo estoy atascando, así tendremos una emergencia y habrá que llamar a un plomero. Los tipejos de la camioneta verde vendrán directo a casa, les daremos un remojón y rescataremos a *Mr. Chips*. ¿Me entiendes?

—¡Eres un genio! —dijo Judy. Justo en ese momento, Stink jaló la cadena. *¡Chiuuu!* Un chorro de agua salió disparado del escusado como si fuera un géiser y encharcó el suelo. Judy se apartó de un salto y *Mouse* llegó de un brinco hasta el borde de la tina.

—¡Emergencia en el baño! ¡Emergencia en el baño! —gritó Stink.

La madre y el padre subieron corriendo las escaleras.

—Judy —dijo la madre—, si se trata de otro de tus motines como el del té de Boston...

—¡Fue Stink! —dijo Judy mientras señalaba a su hermano.

—¡Fue *Mouse*! —dijo Stink mientras señalaba al gato.

—Quítate de ahí, Stink, y déjame cerrar el agua —dijo el padre mientras alargaba la mano detrás del escusado.

—¡Hay que llamar a un plomero! —dijo Stink.

Judy intentó colaborar.

—Deberíamos llamar a esos tipos de "Tira y afloja", o "Mira y empuja", o "Gira y estruja". Ésos de la camioneta verde.

Mamá se puso unos guantes de plástico y extrajo a Darth Vader del escusado.

—No vamos a llamar a un plomero. Son muy caros.

Papá utilizó destapacaños con el escusado hasta que descendió el nivel del agua.

—No sé qué es lo que estaban haciendo —dijo papá—, pero lo que sí sé, chicos, es que este desastre lo van a limpiar ustedes.

Mamá le entregó a Judy sus guantes de plástico.

—Ve a buscar una cubeta, patán —dijo Judy—. Yo iré por el trapeador y juntos vamos a limpiar la escena del crimen.

A la goma la Agencia de Detectives Judy Moody, ahora parecía más la Agencia Desinfectante de Cubeta y el Trapeador.

☙ ☙ ☙

En el preciso instante en el que el baño quedó reluciente, Judy y Stink salieron corriendo de casa para encontrarse con Frank y Rocky en la vieja alcantarilla.

—Habrá alguien en este vecindario con un escusado descompuesto —dijo Stink.

—Pues vamos a llamar de puerta en puerta para investigar —dijo Judy—, pero si alguien les pregunta su nombre, usen uno falso por si acaso. En *La Decimotercera Perla,* Nancy Drew utiliza el alias "Nan Drewry".

—Pues yo seré James Madison, mi presidente favorito, y tú, Judy, serás Elizabeth Blackwell, la primera mujer médica.

—Cómo no, todo el mundo sabe que no somos ellos —dijo Judy.

—Muy bien, entonces seré James Madagascar —dijo Stink.

—Y yo seré Lisa Inkwell.

—Pues yo, Spuds Houdini —dijo Rocky.

—Y yo, Dills Pickle —dijo Frank.

Lisa Inkwell fue tocando de timbre en timbre y Dills Pickle fue llamando de puerta en puerta, preguntando si tenían algún escusado descompuesto. Pero al parecer, ni una sola casa en todo el estado de Virginia tenía el escusado roto. Ni siquiera un lavabo tapado o un sótano medio inundado.

—Nunca encontraremos a *Mr. Chips* —dijo Lisa Inkwell—. Nancy Drew ya lo habría encontrado hace tres días. Al principio la habrían secuestrado, atado y amordazado, y hasta la habrían tirado a un río, pero aun así, a estas alturas estaría ya en la estación de policía recibiendo una medalla super-grande.

—*Buuuuaah* —dijo James Madagascar haciendo como que lloraba—. Regla Número Uno: un buen detective no se pone de mal humor.

—Tienes razón, Stink. Un buen detective siempre conserva los ánimos.

Judy se sacudió todo el cuerpo para librarse de su mal humor.

—¡Eureka, lo encontré! Si esos ladrones saben que vamos tras ellos, quizá hayan dejado ya de fingir que son plomeros.

—Un robaperros podría hacerse pasar por cualquiera —dijo Rocky.

—Sí, como una viejecita, o alguien que saca a pasear al perro, o un enanito del bosque, o un payaso.

—¿Y qué tal un cartero? —preguntó Frank, señalando al otro lado de la calle.

—¡Miren, es Jack Frost! —dijo Stink. Salieron todos corriendo hacia la camioneta del servicio de correos—. Eh, Jack, no se le habrá descompuesto el escusado por casualidad, ¿verdad?

—¿Ha visto una camioneta verde por aquí? —preguntó Frank.

—¿Y qué me dice de algún perrito peludo y de color chocolate, muy mono? —preguntó Judy.

—¿Y un perrito que responde al nombre de *Mr. Chips*? —preguntó Stink.

—¿Y a unos tipejos escurridizos con pinta de plomeros? —preguntó Frank.

—¿Y qué me dice de alguna viejecita o un payaso con pinta de tipejo escurridizo? —preguntó Rocky.

—¡Oye, hazme las preguntas de una en una! Veamos... —Jack Frost se rascó la barba—. He visto el chihuahua de Mildred Benson, pero no es nada mono ni peludo. No he visto ninguna camioneta verde, sólo alguna blanca del servicio técnico de las antenas de televisión. Nada de viejecitas sospechosas hoy y ni un solo payaso.

—Arrrg —dijo Judy.

—Pero sí hay una cosa que resulta extraña y podría ser un misterio.

—¿Qué? ¿qué? —dijeron todos a la vez—. ¿Qué es? ¡Cuéntenoslo!

Jack Frost levantó una bolsa de plástico vacía, la bolsa de un sándwich.

—Envolví mi almuerzo esta mañana y lo metí en la camioneta. Cuando regresé a buscarlo a la hora de comer, después de recorrer mi ruta, el sándwich ya no estaba.

—Qué extraño —dijo Stink.

—Qué raro —dijeron Frank y Rocky.

—Qué interesante —dijo Judy. Observó muy de cerca la bolsa de plástico y la sostuvo en alto, a la luz—. ¿Era un sándwich de mortadela?

—Pues sí, sí lo era.

—¿Y le había puesto mostaza a la mortadela?

—Pues sí, sí le puse —dijo Jack Frost.

—¿Y tú cómo lo supiste? —preguntó Rocky.

Judy señaló la bolsa con su lápiz Gruñón.

—Aquí hay una huella dactilar de mostaza y puedo oler la mortadela.

—¡Entonces fue el coronel Mostaza, del Clue, con el sándwich de mortadela, en la camioneta de correos!

—O quizá —dijo Stink—, sólo quizá, un koala se comiera el sándwich de mortadela.

Judy le dedicó una supermirada de serpiente de cascabel. Una mirada de sapo venenoso.

—¿Cómo dices?

—Analicemos los hechos: los koalas son de los pocos animales que tienen huellas dactilares y su aspecto es exactamente igual que el de las huellas humanas.

—No vi un solo koala en la cocina cuando me estaba preparando el sándwich, así que imagino que la huella de mostaza es mía —dijo Jack Frost.

—Entonces, la huella de mostaza es un señuelo —dijo Judy.

—¿Qué es un "señuelo"? —preguntó Stink.

—Es un pájaro de plástico —contestó Rocky.

—No —les contó Judy—, me refiero a una pista falsa, ya saben, para despistarnos. Eso significa… ¡Cáscaras! La pista es el sándwich de mortadela desaparecido, no la huella de mostaza. Qué suerte el habernos tropezado con él, igualito que Nancy Drew en *La Pista del Muro Desmoronado*.

—Pero ¿cómo puede ser el sándwich una pista, si desapareció?

—¿No agarras la onda? Esos tipejos están entrenando a *Mr. Chips* para que robe cosas. Ya vieron el otro día en el colegio lo listo que es: primero fue mi mochila, luego un hueso para perro. Ahora se trata de la comida de la gente. Piensen en qué podría ser lo siguiente: ¿diamantes?, ¿joyas? ¿O quizá lo preparen para robar un banco?

—Oh, no —dijo Frank—. *Mr. Chips* se está convirtiendo en un ladrón de joyas.

—O en un ladrón de bancos —dijo Rocky.

—O en un ladrón de relojes de pared —dijo Stink—, como en el libro de Judy.

—Según parece, nuestro *Mr. Chips* se ha pasado al lado oscuro —dijo Jack Frost mientras abría la puerta trasera de la camioneta de correos. Estaba llena de costales de correspondencia amontonados.

—Sí, vamos a tener que llamarle *Mr. Darth Vader Chips* —dijo Frank.

De repente ella, Judy Moody, ¡no podía creer lo que veían sus ojos de halcón! Al fondo de la camioneta de correos divisó un paquete de revistas atado con *una cuerda*. Una cuerda exactamente igual que la que tenían los plomeros. ¡Una cuerda que se podía utilizar para atar a *Mr. Chips*! Jack Frost, el cartero de mentira, con la cuerda en la camioneta de correos.

—A propósito, ¿quién es ese tal *Mr. Chips*? —preguntó Jack Frost—. ¿Una especie de criminal canino?

—Como si usted no lo supiera… —masculló Judy. A continuación, en voz alta, prosiguió—: ¿De dónde sacó esa cuerda? ¿Le gustan los perros? ¿De verdad perdió su sándwich de mortadela? ¿Y dice que esa huella era *suya*? ¿De verdad son de correos todos

esos costales? *Bang, bang, bang.* Judy disparó sus detectivescas preguntas a su nuevo sospechoso.

Stink la agarró del brazo y la jaló hasta el otro lado de la calle.

—¿Te has vuelto loca? —susurró—. ¿Por qué te estás pasando tanto con Jack Frost?

—Regla Número Uno, Stink: todo el mundo es sospechoso. ¿No viste la cuerda que tiene al fondo de la camioneta de correos? Es igualita a la que usaron para atar a *Mr. Chips.* Admítelo, Stink, Jack Frost podría estar trabajando para los robaperros. ¡Podría formar parte de una red internacional de ladrones de joyas!

—¡Des-pa-bí-la-te! Jack Frost no es un ladrón —dijo Stink—. Es un cartero y es mi amigo. Pero míralo, si parece Santa Claus.

—¡Justo! —dijo Judy—. Cualquiera podría ser un tipejo, incluso Santa Claus. Piénsalo,

Stink. Primero: el cartero siempre lleva galletitas para perro. Podría estar ayudando a esos sinvergüenzas a entrenar a *Mr. Chips* a rastrear botines para robarlos. Segundo: él sabe cuándo se va la gente de vacaciones, así que puede reconocer el barrio y dar el pitazo a los tipejos cuando la gente está fuera de casa. Y tercero: ¿cuál es el lugar perfecto para esconder un botín de diamantes? Un costal de correos. Dentro de nada, la gente dejará de recibir la correspondencia y no quedará joya alguna en todo el estado de Virginia. A las pruebas me remito.

—Pero ¡si Jack Frost te regaló unos guantes en Navidad! ¡Si hasta hizo que nevara! Dime, ¿acaso un ladrón de joyas te regalaría unos guantes? ¿Crees que un robaperros haría que nevara en Navidad? —Stink se arrancó la placa del insecto y se la entregó a Judy—. ¡Me largo! —dijo enojado.

—Antes de irte, ve y pregúntale a Jack Frost de dónde sacó esa cuerda.

Stink se cruzó de brazos. Y descruzó los brazos. Se fue caminando hacia Jack Frost. Judy lo siguió de cerca. Stink preguntó a Frost sobre las revistas atadas con cuerda.

—Ah, eso. Sólo ayudo a la señora Stratemeyer, una viejecita que vive calle abajo y no puede salir de casa, así que amontona las revistas viejas y yo las reciclo por ella.

—¡Ajá! Entonces sí vio a una viejecita hoy —dijo Judy—. *Mentira, mentira, agárrate la nariz y tira.*

—Claro —dijo Jack Frost—, es que las cartas no se reparten solas —el cartero se subió a su camioneta de un saltito y la puso en marcha—. ¡Avísenme si encuentran ese sándwich! —gritó.

—¿Lo ves? —dijo Stink—. La cuerda no es más que uno de esos pajarracos de plástico.

—Señuelo —dijeron Frank y Rocky a la vez.

—Señuelo, pilluelo. A las pruebas me remito —dijo Judy. Y justo en ese momento se dio cuenta de que la camioneta del servicio de correos ya había salido calle abajo—. ¡Espere! ¿Cómo se llamaba la viejecita? ¿Cómo se escribe su nombre? ¿Y en qué calle vive?

Pero ya era demasiado tarde. Las luces traseras del vehículo de Frost ya estaban doblando la esquina.

El Curioso Caso de las Migajas de Galleta

Al día siguiente, ella, Judy Moody, estaba de mal humor. Un mal humor nada detectivesco, un mal humor de mosqueo nada propio de Nancy Drew. Hasta ahora, ni una sola pista les había conducido a localizar a *Mr. Chips*. Nancy Drew conseguía que todo pareciera muy facilón aunque se encontrara en plena avalancha o la estuviera estrangulando una serpiente pitón. ¿Y si la detective Judy Moody nunca fuera capaz de resolver el caso? ¿Y si *Mr. Chips* no regresara nunca a casa?

Misterio NO-resuelto. Judy se preguntaba si Nancy Drew dejó algún caso sin resolver. Creía que no. Regla Número Uno: ¡no te rindas nunca!

Judy se sentó a la mesa de los alumnos de Tercero. Entre mordisco y mordisco de su sándwich de crema de cacahuate y plátano,

Plomeros de la camioneta verde

¿Jack Frost?

~~Jessica Finch~~ (Ja ja. Ojalá)

Viejecita, empieza por S

hizo una lista de sospechosos en su libreta de detective:

El rastro de la pista se había enfriado. La camioneta verde había regresado al colegio esa mañana, pero ya se había marchado a la hora del almuerzo. El escusado del baño de las chicas ya estaba arreglado y Jack Frost estaba repartiendo la correspondencia, como todos los días. Incluso la señora S probablemente sería una viejecita encantadora igualita que la señora Abby Rowen del número 1 de Nancy Drew, *El Secreto del Viejo Reloj*. Una viejecita encantadora a quien le gustaba reciclar.

Judy estaba en la luna cuando oyó gritar a Jessica Finch desde el otro extremo de la mesa.

—¡Eh, mi comida! Alguien... ¡Judy Moody me ha robado la comida de verdad esta vez!

—¡Y a mí también! —dijo Matthew.

—¡Y a mí! —dijo Jordan.

Toda la mesa de alumnos de Tercero se quedó mirando a Judy con los ojos como platos.

Judy saltó de su silla y miró en el interior de la lonchera de cerditos rosas de Jessica.

—¿Era un sándwich de mortadela? —preguntó.

—Incorrecto. Prueba otra vez —dijo Jessica.

—¿Era tu comida un sándwich de mortadela? —preguntó Judy a Matthew.

—No.

—¿Y la tuya, era un sándwich de mortadela? —preguntó Judy a Jordan.

Jordan meneó la cabeza en un gesto negativo: *no*.

—Pero alguien tiró mi ensalada.

—Alguien apachurró mi sándwich de brócoli —dijo Matthew.

—Y alguien despanzurró la manzana que llevaba mi chapata vegetal —dijo Jessica Finch con asco.

—Y ustedes, qué, ¿pertenecen al club de la lechuga o algo así?

Jessica miró a Matthew y a Jordan.

—Somos el Trío Calabaza —y no lo decía en broma, no. Judy se partió de risa y la leche que se estaba bebiendo se le salió por la nariz—. Traemos comida sana para almorzar y la compartimos. Hoy traje una galleta integral de chocolate para cada uno —prosiguió Jessica—, y la mía YA NO ESTÁ, se ha esfumado. Lo único que queda es una minucia de migajas.

—Así es como las galletas se *desmenucian* —bromeó Judy.

—La mía también se esfumó —dijo Matthew.

—Y la mía —dijo Jordan.

—Y sabemos quién nos las ha robado —los tres miembros del Trío Calabaza señalaron a Judy Moody—. Devuélvenoslas, monstruoso monstruo de las galletas.

—Eso sí que son minucias. A ver, ¿por qué iba yo a robar una galleta de chocolate cuando tengo la mía propia aquí mis...? —levantó su sándwich y buscó debajo de la servilleta—. ¡Recáscaras! Alguien me robó la galleta a mí también.

Algo extraño estaba pasando en el colegio, y era cada vez más y más extraño, con cada minuto transcurrido.

—Jessica, ¿has llevado hoy tu lonchera contigo todo el tiempo?

—Detective de pacotilla —contestó Jessica—. El señor Todd nos dijo que dejáramos aquí fuera la comida antes de ir a la biblioteca, ¿recuerdas? Cualquiera le podría haber echado el guante.

—Apuesto a que fue uno de Quinto —dijo Jordan.

No tan deprisa, que me da la risa. ¿No volvió hoy la camioneta verde por el colegio? ¿Es que esos tipejos estaban entrenando ahora a *Mr. Chips* a robar galletas de chocolate? Pero ¿por qué? Quizá las galletas fueron un ejercicio, parte de su entrenamiento. Hoy le estaban enseñando a seguir el rastro de las galletas de chocolate, ¿sería mañana el turno de los diamantes y las joyas?

A Nancy Drew sus casos la dejaban confusa. Judy estaba confundida y patidifusa, que era una forma de decir "perpleja" en plan Nancy Drew.

¿O a ella no le pasaba eso?

—¡Carámbanos! ¡Creo que ya lo tengo! —dijo Judy. Lo único que necesitaba ahora era una sola pista más. Una sola pieza más para resolver el rompecabezas y aclarar todo el caso de una vez por todas. Y esa pista sólo podía obtenerla de una persona: Jack Frost, el cartero.

Durante el resto de día, Judy Moody estuvo en supermegaascuas. En cuanto se bajó del autobús salió corriendo calle abajo en busca del cartero.

—¡Hola, señor Frost! —le dijo Judy a gritos.

—¿Ah, acaso ya volvemos a ser amigos? —dijo en broma el señor Frost.

—Compis —dijo Judy con un gesto de asentimiento—. Tengo una pregunta.

—Dispara —dijo el cartero.

—Bueno, volvamos a pensar en el día de ayer. Aparte del sándwich de mortadela, ¿había algo más en su comida? —preguntó Judy, que ya tenía preparada la libreta y también el lápiz.

Jack Frost se rascó la cabeza. Y se dio unos golpecitos en la barba.

—Bueno, veamos. Había una zanahoria...

—Ajá, ajá. ¿Qué más, qué más?

—Una caja de pasas...

—¿Y...?

—Ah, sí. Una supercrujiente y apetitosa galleta de chocolate. Tenía unas ganas locas de comérmela, pero sólo quedaron unas migajas.

—¡Por todos los carámbanos! —chilló Judy.

Por fin ella, Judy Moody, tenía la oportunidad de darle un giro al caso. Ahora sabía cómo se sintió Nancy Drew en *La Contraseña de Larkspur Lane*, cuando descifró el código secreto y resolvió el caso.

El Goloso Caso del Sabueso Besucón

Judy se fue corriendo a casa a preparar galletas. En menos tiempo de lo que se tarda en decir "te espío, ladrón, con mi ojo de halcón", la harina ya iba de aquí para allá y la mantequilla se había puesto a derretir.

—Huele a masa para hacer galletas de chocolate —dijo Stink, asomándose para ver el contenido del tazón—. ¡Mmm, qué rico! ¿Puedo ayudar?

—Me ayudas si no te comes los trocitos de chocolate. Son unas galletas detectivescas

superimportantes. Galletas rastreadoras de *Mr. Chips*. Galletas resuel-ve-casos.

Cuando las bandejas de galletas estuvieron llenas, fue mamá quien las metió en el horno por ellos.

—Stink, ya estamos listos para la Fase Uno. Ve a buscar el ventilador —dijo Judy.

—¿El ventilador? ¿Para qué?

—Vamos a tender una trampa. Como parece que no somos capaces de dar con *Mr. Chips*, tendremos que hacer que sea él quien venga a nosotros. Y lo haremos con galletas de chocolate. Unas galletas que son la clave del caso.

—¿Quieres decir que vamos a hacer que el olor a galleta salga fuera y así *Mr. Chips* lo rastreará con su superolfato y se escapará para venir aquí corriendo?

—Directo a nuestros brazos —dijo Judy.

—¿Y los tipejos vendrán entonces corriendo detrás de *Mr. Chips* para atraparlo?

—Directo a los brazos del oficial Kopp —dijo Judy.

—¡Genial! —dijo Stink y enseguida prendió el ventilador.

En apenas un instante, Judy y Stink oyeron un ruido y salieron disparados a la puerta principal. Eran Frank y Rocky.

—¡Creíamos que eran *Mr. Chips*! —dijo Judy. Les explicó su Plan Magistral de la Galleta Caza-Ladrones.

—¿Y cómo sabes que va a funcionar? —preguntó Rocky.

—Ha funcionado con ustedes, ¿no? —dijo Judy con una sonrisa—. Es el momento de llamar a la estación de policía y decirle al oficial Kopp que venga a toda prisa si quiere capturar a algún tipejo sinvergüenza.

—Y de decirle que traiga refuerzos —dijo el agente Pearl—, por si acaso.

ۆ   ۆ   ۆ

Fase Dos: Judy apiló en un plato una montaña de galletas calientitas recién salidas del horno. Frank y Rocky se llevaron algunas y fueron dejando un reguero de migajas de galleta desde la acera, doblando la esquina, por la entrada de la casa y hasta la tienda de campaña.

—Si no cazamos a *Mr. Chips*, al menos sí atraparemos una buena cantidad de hormigas —dijo Stink, que siempre tenía las hormigas metidas en la cabeza.

—Stink, nosotros nos esconderemos dentro de la tienda con el resto de las galletas y esperaremos a que aparezca *Mr. Chips*. Toma tú el radio de Frank y ve a esconderte en los arbustos de la parte de delante. Si ves la camioneta verde, llámanos y grita "¡chocolate a la vista!". Será el código secreto.

—A sus órdenes —dijo Stink—. Un momento. No vale. ¿Por qué a ustedes les toca quedarse en la tienda con las galletas y yo tengo que largarme a los matorrales, solo y sin galletas?

Judy le mostró con firmeza el otro emisor de radio.

—Puedes llamarnos por radio todas las veces que te sientas solo.

Stink agarró dos galletas.

—¡Eh, tú! —gritó Judy—. Devuélvelas.

—Regla Número Uno: nunca resuelvas un crimen con el estómago vacío.

El Plan Magistral de la Galleta Caza-Ladrones estaba listo y a punto. Ahora, lo único que tenían que hacer era esperar.

—Atención, base, aquí el agente 007 —dijo Stink—. ¿Me copias? Tenemos un posible escarabajo lechuguino.

—¿Qué?

—Es un Volkswagen Escarabajo de color verde —dijo Stink.

—Un Escarabajo no es precisamente una camioneta, Stink.

Vigilaron y esperaron, y esperaron y vigilaron un poquito más.

—Atención, base —dijo Stink—. Adelante base, ¿me copias?

—La copio —dijo Judy.

—La madre de Rocky está sacando la basura. Cambio.

—*Oh, oh...* —dijo Rocky—. Eso tenía que haberlo hecho yo.

—Tenemos una A-de-Agente, R-de-Robo, D-de-Detective, I-de-Investigación, L-de-Limonada y A-de-Astro —dijo Stink.

—¿Una qué? —le preguntó Frank a Judy.

—Una A-R-D-I-L-A. Creo que quiso decir *ARDILLA*. A ver si aprendes a deletrear, Stink.

Y esperaron un poquito más.

—Escarabajo lechuguino sigue estacionado. Intruso felino subido a una valla. Cambio —dijo Stink.

—Repita, agente. ¿Ha dicho intruso?

—Es un gato.

—Pero ¿se ve la camioneta verde?

—Negativo lo de la camioneta. Sólo un cuervo que picotea un trozo de pizza tirado en la acera.

—¿Entonces qué? ¿Nos vamos a quedar aquí sentados? —preguntó Frank.

—Pues a mí ya se me durmió el trasero —dijo Rocky.

—Vigilar es muy aburrido —dijo Stink por la radio.

—NO lo es —dijo Judy—. Es tan emocionante como esa vez que Nancy Drew, en *El Misterio de la Mansión Cubierta de Musgo*, persiguió a un leopardo y lo atrapó en el garaje con una píldora anestésica oculta dentro de un trozo de carne.

—¡Chocolate a la vista, chocolate a la vista! —gritó Stink—. Hay movimiento en los arbustos al otro lado de la calle. Creo que vi algo peludo.

Judy se sentó erguida, sobre sus talones, bien alerta. Frank y Rocky espiaban desde la abertura de entrada de la tienda.

—Negativo, borra eso. Es otra vez el intruso felino.

Y después de un poco más de espera.

—¡Chocolate a la vista! —volvió a gritar Stink—. ¿Me copias? Creo que vi un rabo.

—¿El rabo de un perro?

—Falsa alarma. Es solo la A-de-Agente, R-de-Robo...

—Stink, sabes que te dejamos quedarte calladito —le dijo Judy.

—¡Chocolate a la vista! —susurró Stink—. ¡CHOCOLATE A LA VISTA!

—Éste no para de gritar "chocolate a la vista" —dijo Frank.

—Pues esta vez no nos lo vamos a tragar.

Y justo en ese preciso instante, Judy escuchó un sonido nuevo. Un sonido de rastrear y olisquear. Un sonido de trotar y escarbar.

¿Es él? ¿Era él? ¿Sería él?

Los tres rostros se asomaron a mirar al exterior de la abertura de la tienda.

¡Por todos los carámbanos! ¡MR. CHIPS!

Judy le mostró una galleta de chocolate.

—¡Buen chico! Ven aquí, *Mr. Chips*.

De un salto, el cachorrillo se plantó en la tienda y cayó sobre Judy, que acabó en el suelo. Las galletas salieron volando por los aires y *Mr. Chips* no paraba de mover el rabo a mil por hora. Judy le dio un abrazo muy fuerte a aquella bola de pelo que no se quedaba quieta, y un beso en el hocico brillante.

—¡*Mr. Chips*! —gritaron Frank y Rocky—. A ver, ¿quién es un buen chico? ¡Pues tú, claro que sí!

Mr. Chips se revolcó y se quedó patas arriba, y los chicos le hicieron cosquillas en la panza.

—¡Chocolate a la vista! ¡Chocolate a la vista! —seguía gritando Stink—. Adelante base, ¿me copias? —finalmente, Stink decidió volver corriendo a la tienda, donde la pequeña bola de pelo de color chocolate no paraba de darle lengüetazos a Judy, Frank y Rocky de la cabeza a los pies—. ¡Se lo dije! —gritó Stink.

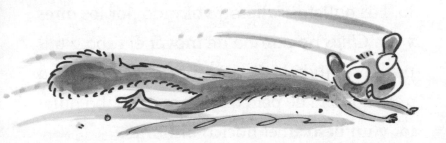

—¿Dónde andabas tú, pequeñín? —preguntaba Rocky entre lengüetazo y lengüetazo del perro—. Ojalá pudieras contarnos dónde estabas.

—*Mr. Chips*, ahora estás a salvo de esos tipejos sinvergüenzas —dijo Frank—. Stink, no has visto la camioneta verde, ¿no?

—No. Ni siquiera un trocito de cuerda o un pedacito de sándwich de mortadela.

—¿Y cómo te escapaste tú de esos tipejos? —preguntó Judy—. ¿Quién es el perro más listo, quién? Pues tú, claro que sí.

—Atención base. Tenemos a Papá Oso al acecho y viene con toda la artillería.

—La vigilancia ya se ha acabado, Stink, así que ya puedes hablar normal —dijo Judy. Justo en ese momento vio la patrulla que se había estacionado en la entrada de la casa con la sirena encendida—. ¡Oficial Kopp! —gritó Judy mientras cruzaba el jardín a to-

da velocidad—. ¡Mire a quién hemos encontrado!

—Pero ¿a dónde te habías ido tú, jovencito? —le preguntó el oficial Kopp al cachorrillo mientras le ponía una correa. *Mr. Chips* se tiró de un salto a los brazos del policía sin dejar de menear el rabo y de besuquearlo a lengüetazos, como si no lo hubiera visto en un año.

Después de todas las preguntas al perrito, los "pero-dónde-estabas-tú", o "pero-cómo-lo-hiciste" y un "no-lo-vuelvas-a-hacer", el oficial Kopp preguntó a los chicos:

—Bueno, díganme, ¿cómo lograron encontrar a este pequeñín?

—Elemental, querido oficial —dijo Judy—. Le tendimos una trampa con galletas de chocolate.

—¡Qué buena idea! —dijo el policía.

—¿Trajo refuerzos para atrapar a los tipejos de la camioneta verde? —preguntó Stink.

—Sí, eso —dijo Frank—. Íbamos detrás de ellos el día que *Mr. Chips* robó el hueso del supermercado.

—Al principio creíamos que se trataba de una banda de robaperros —le contó Judy.

—Sí, como si se hubiesen llevado a *Mr. Chips* para cobrar después la recompensa —añadió Stink.

—Entonces se me prendió el foco detectivesco y nos pusimos a seguir un montón de pistas por toda la ciudad, hasta que descubrimos que estaban entrenando a *Mr. Chips* para robar cosas, y lo hacían obligándolo a seguir el rastro de galletas de chocolate.

—Primero van las galletas de chocolate, después los diamantes —dijo Stink.

El oficial Kopp se echó a reír.

—Mmm, vaya trabajo detectivesco tan interesante… Desde luego, han resuelto el caso. Pero me temo que no ha llegado a la estación de policía ninguna denuncia de que hayan desaparecido diamantes.

—¿Lo ven? —dijo Judy dándose la vuelta hacia sus colegas detectives—. No sólo hemos rescatado a *Mr. Chips*, sino que hemos evitado el delito de esos tipejos justo a tiempo.

—Sí, a mí me parece que sin duda han capturado al ladronzuelo. Al ladrón de las galletas, nuestro querido *Mr. Chips*.

Judy no estaba tan segura. Ella, Moody Ojo de Halcón, iba a mantener los ojos bien abiertos por si acaso.

—Nunca lo sabremos a ciencia cierta, pero yo creo que *Mr. Chips* es un mago escapista, un verdadero Houdini. Todo lo que podemos suponer es que debió de empujar en la parte de abajo de la valla lo suficiente como para colarse por una rendija y después se fue corriendo por la ciudad buscando comida, de tanta hambre que tenía.

—¿Por eso robó el hueso del supermercado? —preguntó Frank.

—¡Y el sándwich de mortadela de Jack Frost! —añadió Stink.

—Y luego se metió en el cole y se comió las galletas de chocolate de nuestro almuerzo —dijo Judy—, porque le encantan los trocitos de chocolate que llevan esas galletas, ¿verdad, oficial Kopp?

—Pues en realidad no —dijo el policía—. *Mr. Chips* no se come las galletas de chocolate, las entierra.

—¿Ehhh? —exclamaron todos a la vez.

—La mayoría de los perros son muy golosos y tienen muy buen olfato para el chocolate. La primera vez que *Mr. Chips* vino a casa conmigo, mi mujer estaba preparando galletas de chocolate. Se fue directo a los trocitos de chocolate y se comió un buen montón antes de que lo pudiéramos impedir.

—Oh, no —dijo Frank—, los perros no pueden comer chocolate. Es como un veneno para ellos, hace que se enfermen.

—Así es —dijo el oficial Kopp—. El pobrecillo se puso a vomitar. Lo llevamos al veterinario y nos dijo que el chocolate es malo para los perros. Por eso, antes de recibir ningún entrenamiento como perro policía, lo entrenamos a no comer chocolate.

—¿Y por qué roba todas esas galletas, entonces? —preguntó Judy.

—Adelante, dale una galleta —dijo el oficial Kopp— y mira lo que hace.

Judy le enseñó una galleta a *Mr. Chips*. El perro la olfateó y salió corriendo con ella entre los dientes, igualito que había hecho con el huevo en el escenario del colegio el otro día. Se puso a escarbar junto a un árbol.

—¡La va a enterrar! —exclamó Judy.

Salieron corriendo detrás de *Mr. Chips* y Judy echó un vistazo en el hoyo que había hecho en la tierra blanda.

—Oye, hay una buena cantidad de galletas ahí —dijo Stink.

—Vaya pedazo de botín que tiene el cachorro —dijo Frank, que señalaba al hoyo y se reía a carcajada limpia.

—Son las galletitas finas bañadas en chocolate —dijo Judy—, las que mamá le compró a Jessica Finch cuando hizo de *niña-scout*. Yo las había dejado en la tienda.

—¿Qué les dije? —exclamó el oficial Kopp mientras recogía a *Mr. Chips*—. Bueno, ahora que te han encontrado estos superdetectives, será mejor que te lleve a casa, ¿no te parece, jovencito? —y frotó la nariz contra el hocico de *Mr. Chips*—. Me preocupaba no volver a verlo. Le estoy muy agradecido. Y *Mr. Chips* también lo está.

—¡Genial! —dijo Judy—. Por fin conseguí resolver un misterio. El Misterio del Perro Policía Desaparecido. Esto es igualito a esa vez que Nancy Drew rescató a un cachorro de perro policía en el libro número uno, *El Secreto del Viejo Reloj*. En serio —y se sintió tan radiante como el adorno dorado de los mocasines de Nancy Drew.

—¿Hay alguna recompensa? —preguntó Stink.

—¿Va a arrestar a *Mr. Chips* por robar el hueso? —preguntó Frank.

—¿Va a tener *Mr. Chips* aún la posibilidad de convertirse en un perro policía? —preguntó Rocky.

—No, no y sí —respondió el oficial Kopp a las tres preguntas—, pero necesitará un tiempo, tiene mucho que aprender. Debe entrenar bastante, así que regresará a la Escuela Canina de Detectives.

—Ay, ojalá me lo pudiera quedar —dijo Stink.

—No es una mascota, Stink —dijo Judy—. Es un investigador contra el crimen. ¿Verdad que sí, *Mr. Chips*? —y también frotó la nariz contra el hocico del cachorrillo.

—Parece que el misterio ha quedado definitivamente resuelto —dijo el oficial Kopp—. Se acabó el rapiñar galletas, colega. Caso cerrado.

¿Caso cerrado? Si algo había aprendido Judy Moody de Nancy Drew (aparte de aquello de "no salgas nunca de casa sin un pasador"), era que el trabajo de un detective no termina nunca. Mansiones encantadas, diarios secretos, diamantes robados… Había un misterio a la vuelta de cada esquina, a la espera de ser resuelto. Y dondequiera que hubiese un misterio, allí estaría Judy.

Los chicos se despidieron del oficial Kopp y de *Mr. Chips*.

—Si desaparecen unos diamantes —dijo Judy—, ya sabe a quién tiene que llamar.

—¿A quién? —preguntó Stink.

—A Judy Moody, la chica detective —dijo ella con una sonrisa de oreja a oreja.

CASO CERRADO

El Misterio del Anillo del Humor Desaparecido

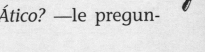

Judy Moody iba caminando con la nariz metida en el número 32 de Nancy Drew, *El Misterio de la Zapatilla Escarlata*, cuando ¡PUM!, se dio de bruces con una alumna de Cuarto. Además, la chica de Cuarto llevaba un montón enorme de libros de la biblioteca, que salieron volando por los aires. ¡Hey!

—Lo siento —dijeron a la vez Judy y la chica.

Judy la ayudó a recogerlos.

—¿*El Secreto del Viejo Ático*? —le preguntó—. ¿*La Escalera Oculta*?

—Soy fan de Nancy Drew —dijo la chica.

—¡Yo sí que soy fan de Nancy Drew! Estoy leyendo los cincuenta y seis libros clásicos, y voy por el número treinta y dos.

—Oye, ¿no te acuerdas? Jugamos juntas al futbol el verano pasado. Voy a otro colegio, pero mi madre conoce a la tuya. Me llamo Alyssa.

—Ah, sí, ¡es verdad! —exclamó Judy.

En menos tiempo de lo que se tarda en decir "zapatilla escarlata", Judy ya había quedado para jugar con Alyssa.

ම ම ම

La madre de Judy detuvo el coche frente a la entrada de la casa de Alyssa. Tenía unos escalones de color morado, un zaguán cubierto de enredaderas y una torre redonda.

—Pero ¡si esto parece una mansión encantada! —dijo Stink—. Yo no entro ahí ni loco.

La casa tenía un aire antiguo y escalofriante. Judy echó un vistazo a su anillo del humor: naranja. Naranja de *nerviosa*. Naranja de *Ay-que-no-estoy-segura*. Un naranja que parecía decirle *Nunca-entres-en-casas-encantadas*.

Judy metió la mano en el bolsillo en el que guardaba el lápiz labial de auxilio y eso fue una ayuda para reunir valor. Ascendió por los escalones morados y llamó a la puerta principal.

Alyssa abrió la puerta y Judy entró en la casa. Lo primero en lo que se fijó fue una lámpara de araña que había en el vestíbulo: se balanceaba hacia delante y hacia atrás. Entonces, como surgida de la nada, una música escalofriante se fue apoderando de la habitación.

Judy tenía la piel de gallina y los pelos de punta pero, al parecer, Alyssa no se daba cuenta.

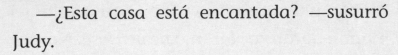

—¿Esta casa está encantada? —susurró Judy.

—Por supuesto que no —se rio Alyssa—. No seas boba —Judy empezó a relajarse un poco, pero Alyssa continuó hablando en voz baja—: ¿Sabes? A veces oigo sonidos espeluznantes que proceden del ático. ¿Quieres subir?

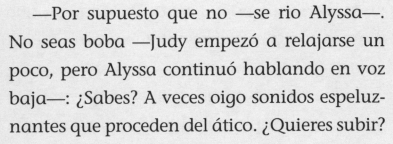

—¿Subir? ¿Te refieres a subir por las escaleras y eso? ¿Al ático espeluznante? —Judy comprobó el estado de su anillo: azul verdoso. El azul verdoso era *relajada, tranquila*. Pero bueno, ¡si ella, Judy Moody, no se sentía en absoluto *relajada* ni *tranquila*!

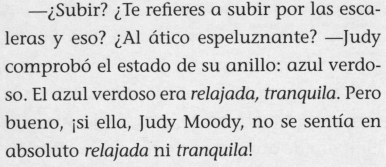

Una vez en el piso de arriba, Alyssa jaló una cuerda que colgaba del techo y apareció una escalera secreta que conducía al ático. ¡Carámbanos! Aquel lugar estaba lleno de telarañas y de trastos cubiertos de polvo milenario: sillas, alfombras enrolladas, cuadros antiguos y un espejo roto.

Justo en ese momento, algo llamó la atención de Judy, algo que vio con el rabillo del ojo. Algo en el espejo. Algo peludo y aterrador.

—¡AAAAHHHHHH! —gritó Judy, cayéndose de espaldas al suelo. Consiguió ponerse en pie de nuevo y salió directo hacia las escaleras—. ¡Me parece… que vi… un gorila… fantasma!

—¡Judy! ¡Espera! ¡Para!

Pero Judy no se detuvo. No se quedó a esperar. Salió volando del ático escaleras abajo, luego atravesó la puerta principal, llegó al exterior y se fue a casa tan rápido como pudo.

❧ ❧ ❧

Judy intentó dejar de pensar en casas encantadas. Intentó no pensar en lámparas enormes que se mecían ni tampoco en música escalofriante. Tampoco quería pensar en gorilas ni en fantasmas.

Ella, Judy Moody, estaba de mal humor. Un mal humor de escalofrío-que-te-recorre-la-espalda. *¿De qué color estará mi anillo del humor?* Se miró la mano.

¡Ahí va! ¡Su anillo del humor! Lo había P-E-R-D-I-D-O, ¡no! Esto sí que era un verdadero misterio para Judy Moody, la chica detective, real como la vida misma: *El Misterio del Anillo del Humor Desaparecido.*

¿Cuándo lo había visto por última vez? En el desayuno, en el futbol, en el coche con Stink...

¡Stink!

Judy Drewdy se fue a buscar a su sospechoso número uno y dirigió la luz de la linterna a los ojos de Stink.

—¿Dónde está mi anillo del humor? —le preguntó un millón de veces. Judy le mostró una manzana, pero no iba a dejar que se la comiera. Todavía no.

—¡Te lo prometo por la pizza! ¡Yo no te lo robé! Lo llevabas puesto en el coche, vi cómo lo mirabas. Puede que ese gorila se comiera tu anillo del humor.

¡El gorila! ¡Por supuesto que sí! Llevaba puesto el anillo en el ático, justo antes de que…

¡No tan deprisa, que me da la risa! Aquello era igualito que… el libro número 2 de Nancy Drew, *La Escalera Oculta*. Nancy va a una mansión espeluznante, allí ve una espeluznante lámpara de araña que se bambolea, escucha una música espeluznante, encuentra una escalera oculta y espeluznante, y ve un gorila espeluznante en la ventana.

Es posible que, al final, ¡la casa de Alyssa esté encantada! Y ella, Judy Moody, tenía que regresar allí para recuperar su anillo. *Brrrr,* la sola idea le hacía tiritar.

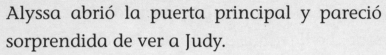

Alyssa abrió la puerta principal y pareció sorprendida de ver a Judy.

—Hola, ¿has visto tú mi anillo del humor? —preguntó Judy a Alyssa.

—¿Anillo del humor? —dijo Alyssa—. Lo llevabas puesto cuando subimos al ático.

—Entonces creo que tu casa está encantada de verdad de la buena —dijo Judy.

Alyssa se dobló de risa como si fuera una hiena.

—¡Has caído! ¡Has caído hasta el fondo!

—Quieres decir que… ¿todo ese rollo escalofriante no era más que una broma supergordísima?

—Estaba leyendo *La Escalera Oculta* y se me ocurrió asustarte igual que en el libro. Así que le pedí a mi hermano que saltara sobre la cama para hacer que se balanceara la lámpara, que pusiera una música tenebrosa y se escondiera en el ático con su máscara de gorila. ¡Judy Moody, has resuelto el caso!

—¡GENIAL! —dijo Judy—. Pero... aún tenemos que resolver el Misterio del Anillo del Humor Desaparecido.

Judy y Alyssa recorrieron a gatas el suelo del ático en busca de su anillo del humor.

—Estoy segura de que se te cayó, sin más —dijo Alyssa—, pero ¿dónde?

—Me parece que mi anillo del humor no está de humor para que lo encontremos —dijo Judy. De pronto, su mano presionó una tablilla suelta en el suelo. La tablilla se levantó entera y, debajo, había... ¡un compartimento secreto superchulo!

—¡Mi anillo! —gritó Judy, poniéndoselo enseguida en el dedo—. Me imagino que saldría volando ayer, cuando vi a tu hermano el gorila, y se coló ahí por una grieta.

Alyssa observó el interior del agujero oscuro.

—Eh, ¿qué es esto?

Sacó algo y sopló con fuerza para quitarle el polvo. La nube que se había formado se desvaneció. ¡Era una nota! Y además estaba escrita en un código secreto.

ÑRIZ VN OZH ERTZH WVO GVXSL
Firmado:
La mayor fan de Nancy Drew,
Alicia Sutherland
29 de diciembre de 1950

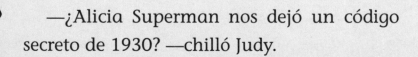

—¿Alicia Superman nos dejó un código secreto de 1930? —chilló Judy.

—No, boba, *Alicia Sutherland*. Debió de vivir aquí hace muchísimo tiempo y también leía a Nancy Drew. Pero ¡qué increíble!, ¿no? Piénsalo: dejó aquí esta nota para que nosotras la encontráramos algún día. Como si fuera un misterio que tuviera ochenta años.

—¡Pues es más mayor que mi abuela Lou! —dijo Judy, mirando el código secreto—. ¿No te parece el clásico código del abecedario al revés? Ya sabes, donde la letra "A" equivale a la "Z".

Las chicas tomaron un lápiz y se pusieron a descifrar el código.

MIRA EN LAS VIGAS DEL TECHO

Judy y Alyssa rebuscaron por todo el ático, arriba y abajo.

—¡Creo que veo algo azul aquí arriba, al fondo! —gritó Alyssa, que tenía el brazo estirado y metido entre las vigas. Extrajo un libro descolorido y polvoriento—. Es el número dos de Nancy Drew, *¡La Escalera Oculta!* Y es igual que el ejemplar que saqué de la biblioteca, pero muchísimo más viejo.

¡Por todos los recarámbanos! Judy casi no se atrevía a respirar.

—Apuesto a que éste es uno de los primeros libros de Nancy Drew que salieron. ¡Tiene que valer chorrocientos mil dólares!

Alyssa abrió el libro.

—¡Mira! Escribió algo con una letra preciosa.

Judy alcanzó a mirar por encima del hombro de Alyssa y leyó la inscripción:

Querida chica del futuro:
Si tienes este libro entre las manos
es que has resuelto mi Misterio de las Vigas del Ático.
¡Eres igualita que Nancy Drew*!
A. S.

—¡Igual-igual! —exclamó Judy sonriendo a Alyssa.

---

*Nancy Drew es una detective aficionada, creada por el escritor estadounidense Edward Stratemeyer, que ha sido protagonista de varias series de novelas de misterio para niños y adolescentes.

LA AUTORA

Megan McDonald nació en Pensilvania, EE UU, y fue la menor de cinco hermanas en el seno de una familia de infatigables contadores de historias. Como a ella no la dejaban contar sus historias, comenzó a escribirlas. Se graduó en Literatura Infantil y ha trabajado en librerías, bibliotecas y colegios antes de dedicarse por entero a escribir. Vive en California con su marido Richard.

EL ILUSTRADOR

Peter H. Reynolds creó y "publicó" desde los siete años sus propios periódicos, libros y revistas con la colaboración de su hermano. Estudió Arte en el Massachusetts College of Art y después fundó una próspera empresa de producciones propias. Siempre se propone "contar historias que digan algo". Vive en Massachusetts.

Judy Moody

Todos los títulos de la colección:

COLECCIÓNALO

... y **Stink**,

su travieso hermano,

es divertido e imaginativo
y siempre está compitiendo
con su hermana mayor, Judy,
a la que a menudo saca
de sus casillas.

¡Stink también es increíble!

- ☐ Stink, el Increíble Niño Menguante
- ☐ Stink y el Increíble Rompemandíbulas Supergaláctico
- ☐ Stink y los tenis más superapestosos del mundo
- ☐ Stink y el Gran Expreso Cobaya

¡Diviértete por partida doble con Judy Moody & Stink!

- ☐ Judy Moody & Stink. La loca, loca búsqueda del tesoro
- ☐ Judy Moody & Stink. Felices Fiestas

COLECCIÓNALOS

Este libro se terminó de imprimir en le mes de Marzo del 2012,
en Impresos Publicitarios y Comerciales S.A. de C.V.
Delfín, Mza. 130 Lte. 14 Col. del Mar Delegación Tlahuac,
C.P. 13270, México D.F.